双葉文庫

藍染袴お匙帖

あま酒

藤原緋沙子

目次

あま酒　藍染袴お匙帖

第一話　あま酒

一

「あーっ、久しぶり。千鶴《ちづる》先生、梅の花の香り、しませんか？」

お道《みち》は浅草寺《せんそうじ》の境内《けいだい》に入ると、大げさに空気を吸い込むようにして手を広げ、そのまま天を仰《あお》いでくるりと回った。

「危ない！」

千鶴が声を上げたが遅かった。

お道は向こうからやって来た婆さんの肩に、右手に持っていた薬箱をぶつけてしまった。

「痛、何するんだよ！」

よろけた婆さんがお道を睨《にら》んだ。

「すみません、悪気はなかったんです」

しゅんとなるお道に、

「悪気があったら大変じゃないか。まったく、近頃の娘ときた日にゃ、人の迷惑を考えないのかね」

ぎょろりとお道を睨んだ婆さんは、年の頃六十過ぎと思われるが、勝ち気が顔にもろに出た面体《めんてい》だ。だが、

「んっ？」

千鶴の藍染袴《あいぞめばかま》の姿と、お道が持っている薬箱を見て、

「ふん、医者なのかい」

ちょっぴり見直した顔をしたが、すぐに説教顔になり、

「医者なら少しは常識ってもんを知っておかなくちゃね。こんな人通りの多いところで両手を広げて……」

婆さんは千鶴を睨みつけた。

「申し訳ございません。お婆さんのおっしゃる通りです。往診の帰りで、つい気持ちが緩《ゆる》んでしまって」

千鶴は頭を下げた。ここは謝《あやま》るしかない。すると、

「分かりゃあいいんだけどね。言っとくけど、あたしゃ婆さんじゃありませんから」

「すみません」

「これでもね、あたしに会いたがって家にお茶飲みにくる若い男がいるんだから、婆さんなんてよしとくれ」

婆さんはぷんぷんして去って行った。

「ふう……」

お道は一難去ってほっとした様子だ。

「お参りしたらお茶でも飲んで帰りましょう」

気を取り直して千鶴は言った。

「それにしても、あのお婆さん、お茶飲みに来る若い男がいるなんて大ぼら吹いて、近頃の年寄りはすごいわね」

お道はくすくす笑った。

「お道っちゃん、気をつけてよ」

千鶴《み》は、めっとお道にしてみせたが、正直先ほどの婆さんの迫力には驚いてい

る。

見渡せば、浅草寺の境内は、春を告げる梅の花が満開だと知った人々が押し寄せてきたためか、先ほどの婆さんのような人から若い人まで、普段よりずっと人の往来は多い。

「先生、時の鐘の近くに梅花団子《ばいかだんご》って出てるそうですよ。梅の実風味のたれが、とろーっと掛かったお団子ですって……お竹《たけ》さんも食べてみたいって言ってましたから買っていきましょうよ」

お道が弾《はず》んだ声で言う。

それじゃあ、と、二人は時の鐘を目指して歩いた。

「あっ、あそこだ」

お道が時の鐘の石段の下に見えた団子屋の旗『梅花だんご』を指さしたその時、

「お道っちゃん、あれ見て」

千鶴は鐘突堂《かねつきどう》を指した。二十段ほどある石段の上に鐘突堂はあるのだが、そこで二人の男が言い争っている。

一人は若い商人風の男で、背中に風呂敷《ふろしき》の包みをしょっている。そしてもう一人は、破れ笠をかぶり、粗末な身なりの爺さんで、こちらは背中に大きな籠《かご》を背負い、手には箒《ほうき》を持っている。

――あっ……。

若い男が爺さんの胸を突き飛ばした。

爺さんが石段の上に倒れ、その拍子に階段を何段か転げ落ちる。

千鶴は、石段を駆け上った。

「よしなさい！」

若い男を一喝《いっかつ》し、爺さんの身体《からだ》を助け起こした。

「ああ、血が……」

爺さんの額《ひたい》から血が流れ落ちて顔を染めていく。

「いかさまじじいめ、いい加減なことを言いやがって！」

若い男は捨て台詞《ぜりふ》を残して、走り去った。

「すまねえ」

爺さんは額を押さえて礼を述べた。その手の隙間《すきま》から血がしたたり落ちる。

「とにかく血を止めましょう」

千鶴は爺さんを抱えるようにして立ち上がった。

「はい、これで大丈夫ですよ。まもなく血は止まります。でもしばらく湯屋には行かないようにして下さい」

千鶴は、爺さんの額に血止めの塗り薬を施《ほどこ》してから、包帯で傷口を強く縛った。

「申し訳ねえ。手間をとらせやした」

爺さんは頭を下げた。

すると、それまで千鶴の治療を見物していた野次馬《やじうま》たちが、これで一段落かとばかりに鐘突堂から離れて行った。

「酷《ひど》い目にあいましたね。でも数日で傷は癒《い》える筈《はず》です。ただ、いつまでも痛みや腫《は》れが残るようなら、藍染橋にある桂《かつら》治療院に来てください」

千鶴は、にっこり笑って爺さんに告げた。

「この上手数《てかず》を掛けるなど、とんでもねえです。このように手当てをしていただいて、それだけで有りがてえ事です。あっしはもう、いつ死んでもいい、そう思って暮らしている年寄りだ。そのあっしが、こんなに可愛らしい女子《おなご》の医者に手当てをしてもらえるとは、死に土産《みやげ》になりやした」

爺さんは恐縮《きょうしゅく》しきりだ。

「でもなぜ、あんなことになったんですか。あの男の人は、いかさまじじいなんて言っていましたよね」

お道が訊《き》く。すると爺さんは苦笑して、

「手相をみてやったんですが、爺さんの言ってることは当たっていねえなんて怒り出して」

「まあ、手相を……」

お道は手相と聞いて興味津々《しんしん》の顔だ。

「何、正直見立てはいい加減なものです。あっしはこの境内で掃除をして、その手間賃で暮らしている平蔵《へいぞう》という者ですが、半年前に、そこの石段に座って溜息《ためいき》をついている内儀《ないぎ》を見ましてね。どうにも気になって声を掛けたんです。そしたら悩みを抱えて途方に暮れていると話してくれやして、それであっしはとっさに、手相をみてあげようって言ったんです」

平蔵爺さんは、自分の左手を広げて掌《てのひら》を見た。

「手相については何も知らないこのあっしがです。でも放ってはおけないと思ったんです。それであっしはその時、内儀の手相をみるふりをして言ってやったんです。お前さんの悩みは、まもなく解決するってね……手相にはそう書いてあるって。希望の持てるような言葉を並べたんです」

平蔵爺さんは苦笑して、千鶴を、そしてお道を見た。

「当たったんですね、その見立てが……」

お道が言う。

「はい。四、五日して、その内儀がやって来て言うのには、あの悩みは解決できましたと……ありがとうって、一分金をくれました。それがきっかけで、近頃では時折手相をみてほしいとやって来る者がおりやして、どうにも断れなくなってみているんです。ですが先ほども言いましたとおり、あっしは手相の事は何も知りません。生命線が長ければ長生きをするらしい、ぐらいの事は聞いた事がありますが……ですから、手相をみるふりをして、悩みを聞いてあげて、それで抱えている悩みから抜け出せるような話をしてやるんです。ですから、先ほどの人のように、お前の言う事なんて当てにならんと気を悪くする者がいるのも当たり前でして……」

平蔵爺さんは困った顔をしてみせた。

よく見ると、粗末な身なりだが、とても掃除をしてずっとこの浅草寺の境内で暮らしてきた人とは思えない雰囲気を爺さんはまとっている。

――不思議なお爺さんだ……。

と千鶴は思いながら、

「見料が暮らしの足しになっているのなら仕方がありませんが、そうでないのなら、もう手相をみるのは止《や》めたほうが良いのではありませんか。何時《いつ》また、今日のような事が起こるか分かりませんよ」

千鶴は、薬箱から痛み止めの薬を一服出して爺さんに手渡した。

「ひどい痛みの時に飲んで下さい。頓服《とんぷく》です。頭痛にも効きますから」

「ありがてえ……」

平蔵爺さんは頓服を押し頂くと、腰から薬籠《やくろう》を引き抜いて、その中に押し込んだ。

「！……」

千鶴は、薬籠を見て驚いた。

漆《うるし》の塗りも上物《じようもの》なら、その上に施《ほどこ》してある蒔絵《まきえ》は、ススキに月を配した見事な薬籠だったのだ。

「あら、その根付《ねつ》け、綺麗《きれい》！」

お道は、根付けに気付いたようだ。

こちらは布袋《ほてい》の根付けで、全体が金色に光っている。

「すごい、これ、やっぱり金の彫り物じゃないですか」

お道が声を上げた。

千鶴も驚いて手に取って見る。

布袋はにこやかな顔をして輝きを放っていた。

「昔の名残《なごり》です。いっぱしの店《たな》の主《あるじ》になったと増長し、贅沢《ぜいたく》が身についていた頃に作ったものです。何、自慢になる話じゃございませんや。あっしが今、こうして手放さずに持っているのは、いざという時のためです。何時か倒れて人の世話になる時が来る。のたれ死にするという事も考えておかねばならない。その時にこの根付けを金に換えて後始末をしてもらいたい、そう考えましてね」

平蔵爺さんは、愛《いと》おしそうに根付けを手ぬぐいで一拭《ひとふ》きした。

心なしか布袋の腹が、ぴかっと光った。

千鶴もお道も驚いて顔を見合わせる。

平蔵爺さんは言った。

「実はあっしが今、人の手相をみるようになったのには訳がありやしてね……」

平蔵は、薬籠をぐいっと腰に着けると、

「あっしも昔、行き詰まって辻占《つじうらな》いにみてもらったことがあるんです」

ふっと突き放したような笑みを見せると話し始めた。

「当時は店も順調で気が緩んでいたのでしょうな。人の女房といい仲になりまして、この先をどうすればよいのかと悩みに悩んでいた訳です。それで辻占いにみてもらいましたら、こう言われたんです。旦那、旦那には女人《にょにん》の難が見えますぜ。もしいま女となんらかの関わりを持っているのならすぐに手を切りなさいとね。手を切らなければ身の破滅だと、そう忠告を受けたんです」

「まあ……」

お道が気の毒そうな声を上げた。

「あっしは、その辻占いの男の忠告を聞き入れることができませんでした。どうにかしてその女房と関係を続けていきたいと考えていたからです。誰かに背中を押してほしかった、それが辻占いだったんです。ところが、その占い師が不吉で厳しいことばかりを並べた……あっしは腹を立てていました。辻占いの言葉を頭の中から一蹴《いっしゅう》しました。ところが、その占いは当たったんです。女の亭主はやくざな男で、しかも美人局《つつもたせ》だった。女の亭主から、命を差し出すか店を渡すか詰め寄られて、私は店を渡しました。家族も失って、全てを無くしてしまった馬鹿な男です」

「……」

話しているうちに、平蔵爺さんの言葉は、あっしから私にかわったりして、平蔵爺さんの昔が垣間《かいまみ》見えた。

平蔵爺さんは続けた。

「今ここにこうして掃除人として暮らしているのもそういう事なんでさ。恥ずかしい人生です。人に語れるような話じゃねえが……」

「平蔵さん、そんな事はありませんよ」

千鶴はつい、慰《なぐさ》めの言葉を掛けた。

平蔵は首を横に振って言った。

「つまらぬ人生を歩んできたあっしですが、年のせいか、この鐘突堂で休みながら行き交う人々を見ていると、みんなどんな人生を歩んでいるのだろうか、などと想像しましてね。そう思うと、みすぼらしい身なりの者も、お大尽《だいじん》も、男も女も、皆何か心に屈託《くったく》を持ちながらも懸命に生きているんだと思いやして、妙に人間が愛おしくなるんでさ」

「あっしのように馬鹿な人生の選択はしてほしくない。そう思うと、占いも悩みを抱えている人にとっては助けになるかもしれねえって……それに、相談を受けたらむげに断る事も出来ねえのでございますよ」

平蔵爺さんは言い、自分に自分で相槌《あいづち》を打つ。

「そんな平蔵さんの気持ちも知らないで、先ほどの男の人は、何が気に入らなかったのでしょうか」

お道がしみじみ言うと、

「あの男も、あっしと同じ悩みを抱えていたんです。あの男から悩みを聞いた時、あっしは、あっしの昔を見たような気がいたしやしてね、それで厳しいことを言ってやったんです。お前さん、身の破滅だぞってね」

平蔵は神妙な顔で、千鶴を、そしてお道を見た。

その目が、じっと何かを考えているように千鶴には見えた。

二

「いててて、そこ、そこ……お道っちゃん、お手柔《てやわ》らかにお願いしますよ」

人の目も憚《はばか》らず大声を上げているのは、三日に上げず腰の治療で桂治療院にやってくるおとみである。

今おとみは、腹ばいになってお道に腰を触診されているところである。

「いいから、じっとして……あんまり無理しちゃいけないって言っているのに」

お道が叱《しか》ると、

「だってさ、今にも腹の子が飛び出しそうだ、なんて助けを求めてきたら、ほっとけないじゃないか」

おとみは言う。おとみは取り上げ婆で、一度は引退したのなんのと言っていたが、嫁と折り合いが悪く、倅《せがれ》の世話にはなれなくなって、いまだ産婆《さんば》を続けているようだ。

そんな二人を横目に、千鶴は南町奉行所の同心、浦島亀之助《うらしまかめのすけ》の脈をとっている。

縁側には浦島の手下で岡っ引の猫目《ねこめ》の甚八《じんぱち》（猫八《ねこはち》）が、十手《じって》をおもちゃにして肩を叩いたり振り回してみたりしながら、浦島の診察が終わるのを待っているし、待合では診察の終わった患者に、お竹が薬を渡している。

いつもながら賑《にぎ》やかな桂治療院の風景だが、父親の桂東湖《とうこ》が死去して千鶴が後を継ぎ、かれこれ四年半になる。

千鶴は、治療院を継ぐまで長崎《ながさき》に留学していた。本道《ほんどう》も外科も習得していて、患者は毎日列を作るほどやって来るし、小伝馬町《こでんまちょう》の牢屋の女囚たちの診察も引き受けていて大忙しなのだ。

弟子はお道が一人、こちらは日本橋《にほんばし》の大店《おおだな》、呉服《ごふく》問屋『伊勢屋《いせや》』の次女で、嫁に行くより医者になりたいという変わり者で、お嬢様弟子だ。

そしてあと一人、桂治療院で千鶴を助けてくれているのが、父の代からの女中で、お竹という口八丁手八丁の女である。

つまり桂治療院には男手はいない。だが、千鶴もお道も見目麗《みめうるわ》しく、薬礼は安いし診立《みた》てはいいとあって、患者が押し寄せてくるのである。

「先生、どんな具合でしょうか」

脈を診終わった千鶴に、浦島は不安な顔で訊く。

「毎朝起きるのがつらいんですね、あーんして」

千鶴は尋ねながら、浦島に口を開けさせる。

のどちんこがびろんと見えるが、異状はなさそうだ。

「舌、出して」

次に舌を診る。こちらも舌苔《ぜったい》がむさ苦しく見えるだけで、汚いが正常だ。更《さら》に腹を触診して、

「食欲も無いって言ってましたね」

千鶴は念を押す。

「はい、何を食べても美味《おい》しくないんです。よほど、どこか悪いのじゃないかと思いまして――」

浦島は神妙な顔で説明する。

すると、縁側から様子を窺《うかが》っていた猫八が、

「千鶴先生、なにしろ旦那は、ここんところ、ろくな事はございやせんでしたからね。長い間定中役《じょうなかやく》だったお役目から、去年は念願の、同心の花形、定町廻《じょうまちまわ》りになったのは先生もご存じだが、今年になってまた定中役に逆戻りしたでしょ。あれやそうか、これも先生はご存じだ。おまけにお内儀には家出されたでしょ。あれや

これやで旦那には大打撃なのに、つい五日ほど前ですか、お内儀から離縁状が届きまして」

「離縁状って……」

千鶴は驚いて浦島を見た。

すかさずお道が言った。

「離縁状って男の方から渡すものじゃなかったのかしらね」

「それなんですよ」

猫八は得意げに言う。

「本当はそうですよ。女房の方から三下《みくだ》り半《はん》なんて普通はない。ところが旦那のお内儀は、大坂《おおさか》の町奉行所の与力《よりき》の娘さんだったんですよ。同じ町方とはいえ、向こうが格上だし、おまけに遠い親戚《しんせき》の家だったもんだから、旦那はなんにもいえねえって立場ですからね」

「お気の毒ね。でも考えようによっては、そんな家の格を笠に着るようなお内儀なら、別れた方が幸せかもしれませんよ」

お道は、ずばずば言う。

「くっ……」

浦島は、たまりかねて泣き出した。

「あ〜あ、お道っちゃんのせいだ、旦那は今、壊れやすくなっちまってるんですから」

猫八は言い、苦笑する。

「何よ、気が楽になるようにと思って言ってあげたんじゃない、ねえ」

お道は、腰を湿布《しっぷ》しているおとみに相槌を求めた。

「身体がだるい、お役所に行きたくない、食事も美味しくない……浦島様、これすべて、あなた様の心が弱っているからですね」

千鶴は、涙を拭いて顔を上げた情けない浦島の顔を見た。

「すると先生、病気ではないと……」

不安な顔で浦島は訊く。

「病気は病気でも、心の病《やまい》ですかね。だから浦島様の気持ちの持ちよう次第で、けろっと治りますよ」

「たとえば、どうすれば……」

「そうですね。何を言っても男は仕事で評価を受ける訳ですから、お役所に行くのを嫌がらず、こつこつとお勤めをすることです」

「そのうちに、ひょんな事からお手柄《てがら》を立てる事もある。そしたら、いっぺんに治りますよ」

千鶴は、笑みを浮かべて言った。

どうやら浦島は、何もかもうまくいかずに、すっかり鬱《うつ》になってしまったようだ。すると、

「やっぱりね、千鶴先生にまで言われてしまって、だからあっしは言ったんですよ。手相を馬鹿にしちゃあいけねえって」

猫八は、それ見たことかというように言った。

「手相って……」

千鶴は、お道と顔を見合わせてから浦島に訊いた。

「はい、猫八が私のことを心配してくれて、浅草寺で掃除をして暮らしている爺さんにみてもらえというものですから」

浦島は力の無い声で言う。

「それで……なんて言われたんですか、お爺さんから」

「しっかり働けって、身体を動かせって、そうすれば道は開けるって」

「……」

お道は、くすくす笑っている。

すると、合いの手を入れるように猫八が言った。

「あの爺さんは、平蔵というらしいんだが、良く当たるという評判で、実はあっしもみてもらったことがあるんです」

「えっ、猫八さんも、みてもらったことがあるんですか」

お道が驚く。

「だって旦那がこんなで、あっしだって気落ちしますよ。このまま岡っ引やっていいものかと悩みますよ、それで」

「なんて言われたの、猫八さんは……」

「あんたがしっかりしなきゃあってね、言われました。苦の無い者はいないし、あんたの悩みなんて苦でもなんでもない。あんたの力で、旦那を男にしてやれって……お前さんには、それだけの器量があるんだって、あっしは褒《ほ》めてもらいました」

「良かったじゃないですか」

お道が笑うと、千鶴もつられて笑ってしまった。

「ごめんなさい、実は私たちも先日、あのお爺さんに会ったんです」

千鶴が平蔵に会ったいきさつを告げると、

「なんだなんだ、黙って聞いてりゃ、今頃あの爺さんの話を持ち出すなんざ、笑っちゃうね。あたしゃずっと前から聞いてるよ」

むっくり起きあがったおとみが話に割って入ってきた。

「あら、おとみさんも知っていたの？」

待合から戻ってきたお竹も話に加わった。

「はいな、人の噂《うわさ》じゃあ、京橋《きょうばし》で紙問屋をやっていた『山城屋《やましろや》』の主じゃないかと言う人もいるんだよ」

「山城屋の主ですって……」

千鶴が訊いた。

「はい、場所が場所だけに繁盛《はんじょう》していた大店だったらしいけどね、何年前だったか一夜にして主が替わったって……ほんとかどうか、あたしが確かめた訳じゃあないけどさ、爺さんの顔を見た人が言ってたんだから……」

千鶴は驚いた。平蔵の話から、そこそこのお店の主だったのだと想像はしていたが、大店の主だったとは——。

するとそこに、息を切らして五郎政《ごろまさ》がやって来て告げた。

「若先生、すまねえ、親分が倒れちまって、若先生に会いたいってきかねえんで」

千鶴は五郎政と一緒に、すぐに根岸《ねぎし》の酔楽《すいらく》の家に向かった。

千鶴の父親、桂東湖の一番の親友だった酔楽は、東湖が亡くなってから千鶴の父親のような存在になっていて、千鶴としても何を置いても放っておくことは出来ない存在なのだ。

日常はちんぴらだった五郎政を弟子にして、『親分、親分』などと呼ばれて気をよくして暮らしているが、元は旗本の三男坊だった人。

天空海闊《てんくうかいかつ》、洒洒楽楽《しやしやらくらく》、飄々《ひようひよう》として生きているように見えても、どこかに家を捨てた寂しさ虚《むな》しさを思い知る今日このごろかもしれないのだ。

口うるさい酔楽だが、倒れたとあっては、千鶴も酔楽の心の中を推測して止まない。

「おじさま……」

酔楽の家に到着すると、千鶴は急いで枝折戸《しおりど》を押して茅葺《かやぶ》きの家の中に駆け込んだ。

「！……」

酔楽の部屋に入ると、酔楽は口をだらしなく開けて眠っていた。

ついこの間、酔楽は桂治療院にやって来て、冗談を連発しながら、五郎政と酒を呑んでいたが、その時の表情とはあまりにも落差があるように思えて胸が詰まった。

「親分、若先生をお連れしやしたぜ！」

五郎政が枕元に座って伝えると、

「ふにあ」

言葉にならない声を発して、酔楽は目を開けた。

「いったい、どうしたというのです」

千鶴は訊いた。

この根岸の里にやって来るまでに五郎政に聞いた話では、昨夜は浅草寺門前の小料理屋で呑んでいたのに、今朝になって起き上がれないと言い出したようだ。

そこで医者を呼ぼうかと五郎政が尋ねると、

「馬鹿、俺は医者だ。自分のことは自分で分かる」

などと言い、更には、

「もう長くはなさそうだ。千鶴にも遺言しておかなければなるまいな」

不吉な言葉を並べるというのであった。

「すまぬ……少し手足が痺《しび》れた感じがしたのだが……」

酔楽はもそもそと両手を布団から出して、握ったり開いたりしたあげく、

「何、錯覚だったようじゃ」

苦笑いをして身体を起こすと、すばやく五郎政が背中に綿《わた》入りの袢纏《はんてん》を掛ける。

「もういい年齢なんですから、卒中《そっちゅう》になどなったら取り返しがつきません。深酒はおやめ下さい」

千鶴は、厳しい顔で言った。

酔楽は気のせいだと言っているが、千鶴の目には、口を開けて眠っていた酔楽の顔は、卒中で倒れて眠りこけている人の顔と同じに見えていたのだ。

「案ずることはない。まだわしは死ねぬよ。お前さんの婿殿《むこどの》の顔を見なくては、あの世に行った時に東湖に報告も出来ぬゆえ」

千鶴の顔をじっと見た。

「おじさま、それなら、まだまだ長生きしていただかねばなりませんね」

千鶴は笑って、

「脈を診せて下さい」

酔楽の腕を取った。

「うむ……」

酔楽は満足そうな顔で、脈を診る千鶴の顔を見詰めながら、

「お前は求馬《きゆうま》に縁談が持ち上がっているのを聞いておるか？」

さりげなく言った。

「いえ」

千鶴は否定して脈をとり続けたが、内心は激しく動揺していた。

求馬とは酔楽が懇意《こんい》にしている旗本二百石の侍で名字《みようじ》は菊池《きくち》という者だが、長い間無役だった事から、桂治療院にもたびたび顔を出し、千鶴と一緒に難題や事件を解決してくれていた人だ。

住まいは米沢町《よねざわちよう》にあり、家族は母親が一人、丸薬《がんやく》を作って薬種問屋や酔楽や千鶴の治療院に卸《おろ》して暮らしの助けにしていた。

剣は小野派一刀流《おのはいつとうりゆう》でめっぽう強く、すらりとした男ぶりで、千鶴が最も頼りにし、慕《した》いもしてきた男である。

むろん求馬も千鶴に心を寄せている事は明白で、これまでにも何度か二人は、それとなく心が通じ合っているのを確信してきている。

ところが求馬は、昨年、大番組《おおばんぐみ》の加藤筑前守《かとうちくぜんのかみ》配下でお勤めとなった。

長い間の無役から解放されて、将来に希望がもてるお役についたのだ。

そうなると、いつかは嫁取りの話が出てくるのではないか。千鶴に不安がなかったとはいえない。

――やはりというか、早速縁談が持ち上がっていたとは……。

耳にすれば、千鶴の心は乱れる。

「そうか、千鶴は聞いておらぬか」

酔楽はそう言ったあと、

「千鶴に言っておくが、求馬はお前さんの気持ちが固まるのを待っている筈だ。だが、菊池家の事を考えれば、そろそろ妻を娶《めと》らねばなるまいよ。お前さんには東湖が残した治療院もあり、医者を捨てる訳にもいかぬだろうが、何か良い考えがある筈だ。わしはな、千鶴と求馬が一緒になってくれる事が夢なのじゃ」

酔楽は言い、脈をとり終えた千鶴に、

「大事はあるまい……な」

千鶴の同意を求めるように、にやりと笑った。

「はい、今診たところでは、大丈夫ですね。でも、本当に手足が痺れるような事があった時には、大事をとらなくてはなりません」

千鶴は笑みを浮かべた。

酔楽が求馬の話など持ち出すものだから、正直一瞬脈を診る手が鈍ったが、気持ちを引き締めて脈をとり、乱れが所見できなかった診断には自信もあるし、ほっとしている。

「まっ、酒の呑み過ぎだろうな。それとも千鶴の顔を見て治ったたか」

はっはっと声を上げて笑い、五郎政が運んで来たお茶を手にして旨《うま》そうに飲み干すと、

「丁度《ちょうど》良い機会だ。ひとつお前に訊いてみたい事があった」

茶碗を置いて、まじめな顔で千鶴を見た。

「なんでしょうか」

「『棠陰比事《とういんひじ》』という書物があるのを知っているか」

「棠陰比事……いえ、存じません」

「そうか……南宋《なんそう》の時代に書かれた、まあこの国で言うなら、御定書百箇条《おさだめがきひやっかじょう》

のようなものなんだが、けっこうこれには面白いことが書いてある」

「おじさまが、その書物をお持ちなんですか」

「いやいや、昌平坂《しょうへいざか》の学問所にあるよ。林羅山《はやしらざん》が書写したものらしい。東湖は読んでいたかもしれぬが、機会があれば一読すればいい」

千鶴は頷《うなず》いた。

酒ばかりくらっている、などと五郎政にはからかわれている酔楽だが、医者としての知識を貪欲に取り込もうとする気概だけは、まだ忘れてはいないようだ。

酔楽は、千鶴が真剣なのを見て話を続けた。

「たとえばその本には、死体に直面した時、他殺か自死か、あるいは、どういう経路で死に至ったのか、検死する医者の心構えというか見方というか、実例を参考に書かれていて、けっこう勉強になる」

「一度読んでみます。たとえば、刃物で切られた場合は、どのように書いてあるのでしょうか」

「ふむ、これについては、お前も町奉行所に出入りする身、あらかたの心得はあると思うのだが、たとえば、生きている者を刃物で切った場合は、切傷の箇所は皮や肉は縮まって血が固まっている。だから手足を切断した時は、筋と肉がまとわりついて、皮は縮まり、骨は露出している。また生きている者の首を切り落とした時には、首筋が縮まって短くなっている……」

それとは逆に、死者を刃物で切った場合には、筋も肉もまとわりつかない。皮も縮まない。傷口の色は白く、血も流れていない。死者の首を切り落とした場合は、首筋の縮みはなく長さはかわらない。

そうした人の体というものが、生死を境にしてどんな反応を呈するものかといった考察が書いてある貴重な書物だと、酔楽は言う。

「私もそれについては感じておりました。生体反応というのでしょうか、生きている細胞《さいぼう》が持つ特色ですね」

千鶴は言った。

「そうだ。お前は良く勉強をしておるな。近年は勉強もせず、いいかげんな所見を述べる医者もいて、そんな奴が殺しの現場を検死すると混乱を招くことになるのだ」

「おっしゃる通りです」

「まっ、そういう事じゃ」

はっはっと、また酔楽は笑ったが、どこかに魂《たましい》を置いてきたような笑いだった。

千鶴は、おやっと思って訊いた。

「おじさま、本当は他に言いたいことがあるのではありませんか」

「おっ、ばれたか、ばれたか……はっはっ」

照れくさそうに笑った。そして、

「実はな……」

酔楽はほんの少しためらった後に身を乗り出し、囁《ささや》くように言った。

「なに、ある女に着物を買ってやりたいのだが、わしでは分からん。それで、お前さんに頼めないかと思ったのだ」

「まあ……それが今日私を呼びつけた本当の理由ですね。倒れたなんて嘘だったんですか。それに、私のこの先を心配するような事まで言って」

千鶴は呆《あき》れた。

「信じられねえ。親分、そんな事で、あっしを若先生のところまで走らせたっていうんですか」

さすがの五郎政も頬《ほお》を膨《ふく》らませた。

「まあ二人ともそう怒るな。わしの老い先が短い事は、これは紛《まぎ》れもない事実だ。五郎政、お前だって、千鶴だって、ずっとずっと先がある。わしから見れば、気の遠くなるほどの年月を生きられるんだ」

「親分はもうその分、好き勝手して生きてきたんじゃないですか」

「そうですよ、そんな理屈で、だからわがままを聞いてくれなんて、まったく……」

千鶴は睨み付けた。

二人に反撃されて、酔楽はとうとう手を合わせて言った。

「すまん、この通りだ」

三

翌日千鶴は、往診の帰りにお道と一緒に、酔楽から聞いた諏訪町《すわちょう》の『菱田屋《ひしだや》』という小料理屋に向かった。

そこの女将《おかみ》で、おつたという人が酔楽の想い人だと聞いたからだ。

いくら着物を酔楽の代わりに買ってきてくれと言われても、着物というものは、その人の雰囲気や体格などを見てみないと、どんな柄が似合うのか分からない。

それと、ちょっぴり、どんな女の人に心を奪われてしまったのか、ひと目見てみたいという気持ちもあった。

「先生、あそこじゃない？」

お道が、広小路《ひろこうじ》に面して、暖簾《のれん》を掛けている店を指した。

暖簾には『ふわふわどうふ　白魚《しらうお》めし　どじょうなべ』などと賑やかに染め抜かれ、端《はし》っこに菱田屋とある。

「ごめんください」

暖簾をくぐって中に入ると、

「いらっしゃいませ」

小女《こおんな》が出て来た。

「すみません、お昼はすませています。何か身体が温まるものはないかしら」

千鶴が言うと、

「ありますよ。お酒もありますし、おしるこもございます。夜は会食の客ばかりですが昼間はね、お客さんのご希望があれば……」

小料理屋とはいえ、所望されればいろいろと出してくれるようだ。

「でもさすがですよね。ここは人通りが多いんですもの、食事だけでなく、甘い物だって喜ばれますもの」

お道がお愛想を言い、おしるこ二人前を注文した。

場所が場所だけに、お客は次から次に入って来る。

小女は、すぐにおしるこを運んで来た。

「ところで、噂で聞いたんですが、こちらの女将さんは美しい方ですってね」

お道が言うと、

「あらあら、誰かしらね、そんな嬉しいことを言って下さるのは……」

板場から小太りの女が腰を振ってあらわれたのだ。

「女将さんの、おつたさんでいらっしゃいますか」

お道が訊くと、そうだと言う。

色白だが、鼻は天を向いているし唇は厚い。ただ愛嬌のある顔だといえばいえるかもしれないが、およそ酔楽がこれまで惚《ほ》れた女たちとは種類が違った。

これまで酔楽が好きだ振られたなどと騒いできた女たちは、柳腰《やなぎごし》の見目麗しい女たちだったのだ。

「実は酔楽とおっしゃるお医者様が、こちらのお料理は美味《おい》しい。女将さんも美人で気立てがいい。是非、一度覗いてやってくれ、なんておっしゃるものだから、どんなお店かと立ち寄ってみたんです」

千鶴のお世辞に、おつたはとろけるような顔を作って、

「酔楽先生には大変お世話になっております。ほんとにお優しい方で」

「あら、そうですか？」

お道がにやりとした。

「ええ、そりゃあもう、一月《ひとつき》前に、あたし、胸が急に苦しくなりましてね、丁度先生が二階のお座敷にいらしたものですから、お尋ねしたんです。そしたら……」

ふふふっというように笑ってみせる。

おおよそ想像のつく千鶴とお道は、顔を見合わせたが、そこはそれ、敬遠するような顔色ではなく、にこやかに頷いてみせた。

「それが縁で、近頃ではたびたび立ち寄って下さって、つい先日お見えになった時には、あたしに着物を買ってやる、なんておっしゃって……」

嬉しそうな顔で言った。

「よほど酔楽先生は、おつたさんの事がお気に入りなんですね」

千鶴は言った。

「ふふふ。だからあたしも甘えさせていただこうかと思っているんです。幸い、呉服を商う人を知っていて、佐之助《さのすけ》さんていうんだけど、いい品持って歩いているんですよ。どうせ買うならその人のを買ってあげたいから、今度先生がお見えになった時に、お願いしてみようと思っています」

おつたは気をよくして、おしるこを一杯おごってくれたが、べらべらべらべらべら良くしゃべった。

しかもおつたは、二人に佐之助を紹介したい、是非あの人の着物を買ってやってほしいなどと、佐之助がどんなに仕事熱心で心根《こころね》の良い男か褒めちぎり、

「佐之助さんはね、大伝馬町《おおでんまちょう》にある呉服問屋『丸子屋《まるこや》』の手代《てだい》さんで外回りの人なんですよ。田舎におっかさんがいてね、そのおっかさんを江戸に呼んで一緒に暮らしたいと言って、一生懸命なんですよ」

まるで想い人の話をするように熱に浮かれた目をするのだった。

酔楽の話をする時とは、明らかに表情が違った。

四半刻《しはんとき》（三十分）後、店を出た二人は、

「騙《だま》されてる！……」

同時に口走った。

「酔楽先生もどうかしてしまったのかしらね」

お道が言った。

おつたは、着物は欲しいが買うなら佐之助という男から買いたいと言っていた。その事をどう酔楽に伝えればいいのか、千鶴は気持ちが暗くなった。

二人は、ぐったりして帰路に就《つ》いた。

「あら」

神田川《かんだがわ》に架かる新シ橋《あたらしばし》まで戻った時、お道が千鶴の袖《そで》を引いて河岸地《かしち》を指して言った。

「あれは浦島様と猫八さん。何かあったのね」

新シ橋から十間《じっけん》ほど西側の柳原《やなぎわら》の河岸に、確かに浦島と猫八の姿があった。

まわりには野次馬も数人、番屋の小者と思える人も三人ほど居て、何かを囲んでいるように見える。

「先生、行ってみましょうよ」

お道は、有無を言わさず、千鶴の腕を引っ張った。

「これは先生、良いところに」

千鶴とお道が柳原の河岸に下りると、猫八が素早く見付けて走り寄って来た。

「殺しです。先生を呼びにやろうと思っていたところです」

猫八は言い、千鶴とお道を人垣の先に見える、柴を積み上げた物陰に案内した。

明らかに死体と分かる男が、両脇を柴の束で覆《おお》いつくされた通路のようなところで横たわっていた。通路といっても人ひとり、やっと作業が出来るぐらいの狭いところだ。

前後左右、どこからも死角になっていて、よく死体を発見出来たものだと、千鶴はまず思った。

「千鶴先生が来てくれたとは有り難い、検死をお願いします。私は辻斬りじゃないかと考えているんですが……」

早速浦島が、千鶴に助け船を求めてきた。

千鶴は狭い通路にしゃがみ、俯《うつぶ》せになっている男の背中を見た。

「一太刀《ひとたち》にやられてますね」

男の背中は刀で斜めに斬られていて、着物は真っ赤な血で染まっていた。だ

が、

「……」

辺りを見渡しても、これだけの惨劇が起こった場所としては、血痕《けっこん》の飛沫《しぶき》が、どこにも見られなかった。

念のためにと辺りに注意深く目を配りながら、千鶴は昨日酔楽が言っていた刀傷の話を思い起こした。

むろん、酔楽が話したことは、これまでの医者修業や検死してきた実績で分かっていたが、遠い昔に、あれだけのことが検証されていたという事実に驚いていたのである。

酔楽が話していた検証の話からいっても、大きな傷を負った男が、こんな柴の束の通路で転がっているのは不自然だと千鶴は思った。

「この人を実見《じっけん》した人は？」

猫八に訊く。

「へい、柴舟《しばぶね》の男で矢七《やしち》という者です」

猫八はそう言うと、立ち上がり、背後を振り向いて、

「おい、とっつぁん！……いるかい？」

大声を上げた。

すると、瘦《や》せて年老いた男が、神妙な顔で近づいて来た。

「とっつぁん、すまねえが、もう一度こちらの先生に、この遺体を見付けた時の話をしてくれねえか」

猫八の声かけに、矢七は、へいと頭を下げたのち、

「あっしは、すぐそこの河岸に運んで来た柴をここに荷揚《にあ》げしておりやした。今日も昼過ぎに運んでまいりやして、河岸に荷を下ろし、さて積み上げようとしましたところ、人の足が見えたんです。こんなところで寝てるのかと最初は思ったんですが、まだこの寒さだ。そんな筈はねえと、おそるおそる見ますと、このありさまで仰天《ぎょうてん》したんでございます」

あらためて遺体を見るのも忌《い》まわしいという顔で説明した。

「すると、今日ここに柴を運んできたのは、初めてですか」

千鶴は尋ねる。

「へい、毎日一度運んできやす。昨日も運んできやしたが、その時には何もございやせんでした」

千鶴は頷くと、矢七を帰し、男の遺体に触れて言った。

「死後、かなりの時間が経《た》っていますね。ただし、この者は、ここで殺されたのではありません」

「ここではない……すると、余所《よそ》で殺されて、ここに遺棄《いき》されたと……」

浦島が驚いて訊く。

「はい、ここで殺されたのなら、血の飛沫が付近にある筈ですが……」

千鶴は、ここかしこを指し示す。

「なるほど、確かにそうだ。血飛沫どころか、持ち物いっさい、何も身元に繫《つな》がるものはありませんな」

感心する浦島は、辺りを見渡して首を傾《かし》げる。

「悪党だな。無腰《むごし》の町人を背後から斬りつけるなんざ、卑怯者《ひきょうもの》の極《きわ》みだ、許せねえ」

猫八は怒りを露《あら》わにして、

「おい、番屋に運べ！」

背後に叫んだ。

「へーい」

番屋の小者たちが走って来て、遺体を広い場所に引きずり出して戸板に仰向《あおむ》けに載せた。

「あっ、千鶴先生、この人！」

お道が大声を上げる。

「あの男だ……」

千鶴も驚いた。平蔵爺さんを殴って立ち去ったあの時の男に違いなかった。

「先生、この男をご存じなんですか」

浦島が訊く。

「ええ、先日浅草寺で見た男です。でも、身元も名前も知りません」

「ひょっとして、平蔵爺さんに訊けば分かるかも……」

お道が言った。

「よおし、旦那、この事件、本腰入れて探索《たんさく》しやしょう。定町廻りをぎゃふんと言わせるような、そんな仕事をやりやしょう。さすれば、旦那の病も、吹っ飛んでしまいやすぜ」

お道の言葉に、猫八は勢いづいて言う。

「分かった。私も男だ。やってみせよう。ただし、千鶴先生に助け船を出していただきたいと思う事もあるやもしれぬ。先生、その時にはよろしく頼みます」

浦島は手を合わせる。

「駄目《だめ》ですよ、それじゃあ病は治りませんよ。七転八倒《しちてんばっとう》、夜も寝ないぐらい思案を重ね、足を棒にして探索する。人に頼らず自分の足でです。それをやって初めて、病は治るんです。気安く忙しい先生を頼りにしないで下さいね」

お道が、きつーいお灸《きゅう》を据《す》えた。

四

だが、千鶴はやはり死体の男の事が気になった。

翌日朝の診察が終わると、あとをお道に頼み、浦島と猫八を連れて浅草寺に向かった。

掃除の爺さん、平蔵が何時鐘突堂の辺りにやってくるのか分からないため、三人は鐘突堂へと上る階段下で、梅花団子を商う店に立ち寄った。

「いらっしゃいませ」

顔を見せたのは、年の頃は十七、八の美しい娘だった。

先日ここにやってきた時には、平蔵の傷の手当てにかまけて、この店に寄りたくても長い行列の後ろに並ぶ時間がなかったため、千鶴も店に入るのは初めてだった。

葦簀《よしず》張《ば》りの僅《わず》か一間四方の店だが、母親らしき女と若い娘が一人、母娘で店をやっているようだった。

店の前には赤い毛氈《もうせん》を敷いた腰掛けがあり、この間はそこも満席だったが、今日はお客は一人もいなかった。

「お団子下さい。三皿です。それと、お土産用のお団子もお願いします」

お道やお竹の分も、忘れないうちに注文した。

「おっかさん、お団子三皿、それとお持ち帰り！」

娘は快闊《かいかつ》な声で後ろにいる母親に告げた。

「ひとつ、教えてほしい事があるんですが」

千鶴は、代金を娘に渡しながら訊く。

「なんでしょうか」

にこりと笑って娘は言った。

「あの鐘突堂に、掃除をしているお爺さんがまわってくるのは何時頃かしら」

「掃除のお爺さん？」

娘はちょっと考えてから、

「ああ、手相のお爺さんですね。それなら、まもなくやって来ると思いますよ。だいたい、八ツ（午後二時）頃かしら、あそこにやって来るのは」

娘は言い、慌てて団子を載せた皿と、それにお茶を添えて出してくれた。

「うめえ！」

猫八は、一口かぶりつくと、大声で言った。

娘は、ころころと嬉しそうに笑って、

「ありがとう」

可愛らしい声で礼を述べる。

「娘さんは奥山《おくやま》の楊枝屋《ようじや》の看板娘にも負けねえよ、おめえさん目当てにお客はやってくるだろ……あっしも時々寄せてもらうよ」

猫八は上機嫌だ。

「あっ、来ましたよ、お爺さん」

娘は声を上げた。

頭に包帯を巻いた平蔵が、堂の中に腰を掛けて煙草《たばこ》を取り出したところだった。

千鶴は二人を急がせて階段を上って鐘突堂に向かった。

「これは先生」

平蔵は嬉しそうな顔で千鶴を迎えた。

「先生のお陰で、もう傷もほとんど癒えました。今日にもこの包帯をとっちまおうかと考えていたところです」

額を押さえて笑ってみせたが、ふっと、千鶴と一緒にやって来た町方と岡っ引を見て、

「何かあっしにご用で……あっしは何もお縄になるようなことはしておりやせんぜ」

不愉快そうな顔をした。

「そうじゃないのよ平蔵さん、この二人は私が連れてきたんだけど、ほら、この間、平蔵さんに怪我《けが》を負わせた若い男の人がいたでしょ」

「千鶴先生、あっしは別に怪我を負わされたことなど、なんとも思っておりやせんから」

「そうじゃないの、あの人、殺されたんですよ」

「殺された？」

平蔵は驚いて、喫《の》んでいた煙管《キセル》の灰を地面にたたき落とし、

「いったい誰に殺されたんですかい」

落とした灰を足で踏みつけた。

「分かりません。刀で背中を斬られて神田川の河岸に捨てられていたんです。丁度通りかかって検死を頼まれて、顔を見てびっくりしましたけど身元が分からないんです」

「身元が分からないとは、どういう事だ？」

平蔵は、怪訝《けげん》な顔をした。

「持ち物は何ひとつも身につけてなかったんでさ。そしたら千鶴先生が、平蔵爺さんに訊けば何か分かるかもしれねえって教えてくれたもんだから訪ねてきたって訳なんだ」

猫八が言った。平蔵は頷くと、

「お役人に、お客の相談ごとを話すのは気がすすまねえが、千鶴先生の頼みだ。それに、殺されたとあっちゃあ話は別だ」

平蔵は自分に言い聞かすように呟き、

「名前は、佐之助と言っていたな」

「佐之助……」

浦島が神妙な顔で聞き返す。

──佐之助……。

千鶴も頭の中で聞き返した。

諏訪町の小料理屋、菱田屋のおつたが贔屓《ひいき》にしていた呉服商《あきな》いの男の名も佐之助と言っていた。まさかとは思ったのだが、

「大伝馬町にある呉服問屋の手代だと言っていた。店の名は明かさなかった。差し障《さわ》りがあると思ったのだろう。反物《たんもの》を背中にしょって外回りをしていると言っていたな」

平蔵はそう口にしたのだ。

千鶴は驚いて、声を出しそうになった。

「それで、どんな悩みを相談したのだ……爺さんに話した悩みが、殺しに繋がっているかもしれないのだ。話してくれるな」

浦島は神妙な顔で言い、平蔵の前にしゃがむと、じっと平蔵の目を見詰めた。

「佐之助は二度、ここにやってきている」

平蔵は、三人を前にして、まずそう告げた。

「すると、この間、私が見たのは二度目のことだったんですね」

千鶴の問いに平蔵は頷いた。

「最初にやってきたのは半月も前のことだ。寒い日でした。雪が降り出してきて、あっしはもう仕事はおしまいにして、小屋に引き上げて酒でも呑もうかと思っていたところでした……」

平蔵は、鐘突堂から、急ぎ足で帰って行く参拝客を見て、天を仰いだ。雪は曇った空からとめどなく落ちてくる。

平蔵は仰いだ顔に降り注いだ雪を払いのけ、背中に塵入《ちりい》れの籠をしょいあげた。

「爺さん、待ってくれ」

その時、若い男が階段を走って上ってきた。男は背中に風呂敷包みを担《かつ》いでいた。商人だとすぐに分かった。

「すまねえ、今日はもうしめえだ」

平蔵は言った。

「頼みます。私は、生きるか死ぬかの瀬戸際なんです」

縋《すが》り付くように言う。

「しかしこの天気だ、凍《こご》えちまうぜ」

平蔵が天を仰ぐと、

「それならどうだろう。ここに来るまでに甘酒屋があった。境内の地蔵堂の側だ。あそこなら身体も温まる。もちろん私が奢《おご》る」

若い男に食い下がられて、平蔵は仕方なく承知した。

甘酒屋も境内にある他の店と同じく葦簀張りだが、雪や風は防げるし、舌の焼けそうな熱い甘酒を口にすれば、冷えた身体も温められる。

気乗りがしないまま佐之助について店に入ったが、やっぱり一息ついた。それに、倅のような男と甘酒にしろ、一緒に店に入って飲むのもまんざらじゃあないなと思った。

佐之助も身体が冷えていたのか、旨そうに甘酒を飲み、ふっと思い出したように言った。

「田舎におっかさんが一人で暮らしているんだ。こんな旨い甘酒を飲ませてやったら、どんなに喜ぶか……」

その言葉を聞いて平蔵は、胸が詰まった。

平蔵にも倅がいた。今は別れて暮らしているが、頭から離れたことはない。酷い父親を恨んでいるだろうことは分かっていても、やはり愛しい。

「話してみな、何を悩んでいるんだ」

平蔵は、目の前の若い男に言った。

「はい。私は近江《おうみ》の国から参った者です。主も近江の出で、それで縁があって、この江戸に参ったのですが、田舎の母親に少しでも仕送りをしたいと思いまして、外回りとなりました。うちの店では外回りですと、売り上げ次第で給金が増えます。それが楽しみなんですが、売り上げを伸ばしたいばっかりに、つい、過《あやま》ちをおかしてしまいまして……」

佐之助は、そこで言葉を詰まらせた。

「売り上げの水増しか……それとも、売上代金をねこばばしたのかね……」

平蔵はじっと佐之助の顔を見た。

「いいえ、おかみさんと深い仲になってしまったんです」

佐之助は、俯いた。

「そうかい、おかみさんとな……」

平蔵は哀しげな顔になった。

「はい……」

話しにくそうに頷いた佐之助は、甘酒を手に、深い仲になった経緯を平蔵に話し始めた。

その話というのは、ある日のこと、佐之助が外回りを終えて店に帰り、売り上げた反物の明細を帳簿につけていた時のことだ。

おかみさんが店に入ってきて、佐之助がこのところ売り上げ一番だと褒めてくれた。

「ありがとうございます」

佐之助は恐縮して頭を下げた。

なにしろおかみさんは店の主とは二十歳も離れた後妻で、今年三十になったばかりの美貌の人だ。

佐之助は二十一歳だから九歳も年上だが、おかみさんは、まるでまだ娘のような肌をしていて、おまけに色気があった。

番頭以下、手代はむろんのこと、出入りの商人まで、おかみさんを憧《あこが》れの女のような目で見ていた。

店の主は病で床についていて一年以上も経っていたから、おかみさんを見る奉公人の男たちの目には、熱いものがあったのだ。

それは佐之助とてかわりはなかった。おかみさんに話しかけられるだけで、ぞくっとしたものだ。

そのおかみさんが、いきなり近くに座って、佐之助を褒めてくれたのだ。

おまけに、自分の知り合いで着物を作りたいと言っている者が何人かいる。一度行ってみたらどうかと勧めてくれたのだ。

佐之助は、有頂天《うちょうてん》になった。

外回りは五人もいる。その中で自分を選んでくれたという事が嬉しかった。

ひょっとして、おかみさんは自分に気があるのかと思ったものだ。

売り上げもそれをきっかけにしてぐんと伸びた。心が弾んでいる時には、商いにも力が入る。

あちらこちらの得意先の女たちにも、歯の浮くような言葉を並べて機嫌をとり、あるいは気があるような振りをして売り上げを伸ばしたのだ。

おかみさんが勧めてくれた女たちへの商いも全て成立した夕刻、佐之助は店に戻ると、まっさきにおかみさんに報告した。

そのとき店先には二人の他には誰もいなかった。丁度奉公人たちは台所に集まって夕食をとっていた時間だったのだ。

「よかったこと、わたしも嬉しいですよ、佐之助。ほんとにお前は頼もしい……」

ふいに、おかみさんが膝を寄せてきたと思ったら、佐之助の手を摑《つか》むと、自分の胸に差し入れたのだ。

「おかみさん……」

おかみさんの柔らかい胸に手が触り、心の臓がばくばくして卒倒するんじゃないかとうろたえている佐之助に、

「明日、池之端《いけのはた》に来ておくれ」

おかみさんは佐之助に、池之端の出合茶屋《であいぢゃや》を告げたのだった。

後は火を見るより明らか……おかみさんの身体から逃れられなくなった佐之助は、このたび、おかみから恐ろしいことを頼まれて、悩んでいるというのだった。

「恐ろしいことだと……」

平蔵は、甘酒の湯飲みを下に置いて聞き返すと、

「どんな話を持ちかけられたのか知らねえが、そんな恐ろしいことなら聞くまで

もねえ、できねえ、はっきり言って断りな」

厳しい口調で言い、佐之助を見た。

どうせろくでもないことを頼まれたのだ。亭主が病だということを考えれば、恐ろしいことという言葉の中に、どんな悪事が含まれているのか考えただけでもぞっとする。

自分が破滅の渕《ふち》に立たされていることにも気づかないで悩む佐之助に、平蔵は苛立《いらだ》ちを覚えたのだ。

だが佐之助は、未練な口ぶりで訴える。

「言うことをきかなかったら、お前とはもう会わない、そう言うんです。私は、おかみさんなしでは、もう生きていけない」

「いいか、この爺にも経験があるから言うのだが、お前は嵌《は》められているんだ。今すぐ、おかみとの関係は断て。店も辞めろ」

平蔵の言葉に、佐之助は黙った。

「すまねえ、酒にしてくれ。あるだろ？」

爺さんは店の中年女に返事をもらうと、熱くした酒を頼んだ。

こういうところの甘酒屋は、近頃ではたいがい酒も置いている。いや、甘酒屋ばかりか、麦湯の店だって酒を置くようになっているのだ。

「おまちどおさま」

店の中年女は、湯飲み茶碗に入れた酒を運んで来た。

「まあ、呑みねえ。これはおごりだ」

平蔵爺さんは、佐之助に酒を勧め、自分も呑み、しばらく酒で身体を温めた。

そして、呑み終わると、茶碗を下に置いて佐之助に言った。

「これだけは言っておく。人の女房と枯れ木の枝は、上り詰めたら命取りだ……」

「！……」

佐之助は、驚いて顔を上げたが、何も言わなかった。

やがて怖い顔をして立ち上がった。

そして甘酒代を置くと、平蔵には何も言わずに帰って行ったのだ。

「あっしが聞いた話は、そういうことだったんでさ。佐之助は、あっしに同調してほしかったに違えねえ。ところがあっしに一刀両断にされて、気分を害したようだった。昔のあっしと同じでね、あっしに怒りさえ覚えたようだ」

平蔵は話し終わると、そうしめくくった。

「じゃあ、先日平蔵さんに会いに来た時には、相談に来たのではなかったんですね」

千鶴が訊いた。

平蔵はそうだと頷き、あの日は、佐之助はやって来るなり平蔵に食ってかかったんだと言った。

「ありがとよ、爺さん。よく話してくれたな」

猫八が礼を述べると、

「親分、佐之助は騙されたんだ。佐之助を殺した奴を、きっとお縄にしてもらいてえ」

平蔵は怒りの目で言った。

三人の背を見送る平蔵の目が、怒りで彩《いろど》られているのを千鶴たちは知るよしもなかった。

五

「相変わらず忙しそうだな」

菊池求馬は、桂治療院の待合を覗くと呟いた。

ずらっと患者が並んで座っていて、頭に包帯を巻いているのやら、こんこん咳《せき》をしているのやら、そうかと思うと、

「えっ、嫁さんがそんなこと言うんですか。あきれました。近頃の嫁さんは皆そうね、姑《しゅうとめ》を大事にしようなんて気は、これっぽっちもないんだから、それに比べて私たちの年代は、どんなに舅《しゅうと》姑に気をつかってきたことか、くちごたえなんて一度もしたことありませんよ。白いものも黒と言われりゃ、はい、そうですかと頭を下げてさ」

右手の方で嫁の悪口に花を咲かせていると思ったら、

「もう我慢ができませんよ、横柄《おうへい》な態度で命令するんですよ。お前さんは倅の嫁だろ、私は倅の母親だって……洗濯をすれば、まだ汚れが落ちてないだの、しわが伸びてないなどと言うでしょう、ご飯を作れば、硬いの柔らかいの、とどのつまりが、辛いのしょっぱいのと、文句ばっかり」

左手の方も負けずに姑の鬱憤《うっぷん》をぶちまけている。

やれやれと苦笑したところに、

「まあ、求馬様、お久しぶりでございます」

甲高《かんだか》い声を掛けたのは、お竹だった。

「権蔵《ごんぞう》さん、はい、お薬ですよ。あんまりお酒を呑まないようにって、先生がおっしゃっておりますよ」

お竹は、大工の法被《はっぴ》を着た男に薬を渡すと、

「ささ、中にどうぞ」

求馬を誘った。

「なに、みんなの診察が終わってからでいい」

遠慮すると、お竹は、ではあちらでお待ち下さいと、診察室の隣の調剤室に誘った。

この部屋は診察室との間にしきりはないから、千鶴が診察をしているのがまる見えだ。

千鶴は、求馬に気付いて軽く会釈《えしゃく》した。だが、ぐったりした女の子の診察に専念していて、近寄りがたい気配だった。

お道は、どこかの爺さんの足首に湿布をしていた。

「お忙しいようでございますね。ほんとにお久しぶりです」

お竹は、お茶を運んで来て言った。

「すまんな」

「いいえ、今日は重い患者さんはおりませんから、すぐに先生の手は空きます。近頃は、病状の軽い患者さんは、お道っちゃんが診ていますから」

お竹は、嬉しそうに言う。

「ほう、お道っちゃんも良く頑張ったものだな」

「はい、大店のお嬢さんで、家にいれば上げ膳据え膳の人なのに、感心ですよ」

求馬も相槌を打つように頷いた。

「だから私も、少しお勉強して、せめてお薬を渡すぐらいのことはしなければと思いましてね、頑張ってます」

今しばらくお待ち下さいと、お竹は待合の方に向かった。

求馬はお茶を喫《きっ》しながら、丁寧に患者と言葉を交わしている千鶴の姿を眺めた。

だがさして待つほどの事もなく、千鶴はお道に患者を振り分けて診察を終え、

「お待たせいたしました」

にこりと笑って求馬のもとに来た。

「いや、他でもない。酔楽先生のことだ。今日ふらりと立ち寄ってみたんだが、やけに落ち込んでいる。それで訳を聞いてみると、贔屓にしていた諏訪町の菱田

屋の女将に、どうやら男がいたらしい。女将には着物の一枚も買ってやろうかと思って、その手数を千鶴に頼んだのだが、もう買わなくてよい。そのことを千鶴に伝えてくれぬかと、そう申されてな」

千鶴は、お道と顔を見合わせて笑った。

「そんなことじゃないかと思っていました」

千鶴が言うと、

「騙されているのがようやく分かったんですね。こちらはそれを、どうやってお伝えしようかと悩んでいたところです」

お道が千鶴に代わって言った。

「ところでその男、いったいどこの誰なんだ?」

求馬も興味があるらしい。

「それがですね。外回りで反物を商っている佐之助という人らしいのですが、つい先日殺された者と同一人物なんじゃないかと、今猫八さんが調べているところなんです」

千鶴は、佐之助にかかわる、これまでの話を求馬に告げた。

するとそこに、猫八が入って来た。

「先生、殺された佐之助ですが、諏訪町の菱田屋の女将に遺体を見せたところ、大伝馬町にある呉服問屋丸子屋の手代で佐之助だと証言してくれましたよ」

千鶴は頷いた。

「ところが驚いたことに、丸子屋に出向きまして遺体を引き取るように言ったんですが、番頭の話では、そんな者はうちの手代にはいない。確かに昔は佐之助という男はいたが、とっくの昔に店は辞めている。そう言うんです」

「おかしいじゃないですか。現に佐之助さんは丸子屋の反物を売っていたんですよ」

お道があきれ顔で言う。

「それもこう言うんでさ。どこかの反物を仕入れて、うちの反物だと言って売っていたに違いないと」

「では、遺体は引き取らないってことですね」

千鶴が訊く。

「そういうことです。ずいぶん冷たい話でございますよ。仮に番頭の話が本当で、今は辞めて関係のない人間だったとしても、そこまで言うかね。あっしは話を聞いているうちに、途中で腹が立ってまいりやしてね」

「すると、奉行所としては、無縁仏《むえんぼとけ》として葬《ほうむ》るのか」

話を聞いていた求馬が憮然とした顔で訊いた。

「菱田屋の女将に訊いてみようかと考えています。女将が出来ないと言うのなら、無縁仏です。どこに住んでいたかも分かりませんからね」

——嵌められたのだ……。

平蔵爺さんの言っていた通りだと千鶴は思った。

「佐之助って人は、平蔵爺さんに相談した時、何処《どこ》の何という店の内儀との不義かは言っていないんです。店の体面を考えてのことだったに違いないのです。佐之助さんが丸子屋の手代で、その相手が丸子屋の内儀だったとしたら、丸子屋は嘘をついていることになります」

千鶴の推測に、求馬が応えた。

「そういうことなら、佐之助を殺したのは丸子屋かもしれぬな。だから丸子屋では、佐之助のことなど店には無縁の男として処理しようとしているのだ」

「許せませんね。私には許せない。猫八さん、まさか丸子屋の番頭の話を鵜呑《うの》みにして、丸子屋を調べから外すつもりじゃないでしょうね」

千鶴は、猫八をきらっと見た。

「先生、そんな怖い顔をしないで下さいよ。きっとしっぽを摑んでやるって、あっしは心に決めてるんですから」

猫八は言った。

翌日の七ツ（午後四時）、掃除人の平蔵は、大伝馬町にある古道具屋の軒下から、大通りを隔《へだ》てた向こうに見える呉服問屋丸子屋の店の前を、じっと見詰めていた。

呉服問屋丸子屋の暖簾は、藍色に白地で店の名を染め抜いた日よけ暖簾だ。

今日一日で、どれほどの人間がその暖簾を目当てにやってきただろうか。道に張り出した堂々とした暖簾は、平蔵が京橋で紙問屋の主として店を営んでいた頃と、少しも変わらぬ風情《ふぜい》だった。

平蔵は昨日、千鶴たちが引き上げた後で、ふっと佐之助の背負っていた風呂敷包みに、丸子屋の屋号である丸の中に子という字が染め抜かれていたことを思い出したのだ。

平蔵が京橋の紙問屋『山城屋』を人の手に渡したのは、もう十年も前になるのだが、当時平蔵は平左衛門《へいざえもん》と名乗っていて、丸子屋にも紙を入れていたのである。

山城屋は、京橋界隈《かいわい》だけでなく、武家屋敷や多くの大店にも紙を入れていた。その中に、呉服問屋丸子屋もあり、丸子屋の主である久兵衛《きゅうべえ》とは平左衛門も酒も呑んだこともあった。

まさかとは思ったが、その丸子屋の手代が殺されたというのに、店の表には少しの異変も見られなかった。

佐之助の話を思い出してみると、主の久兵衛は病の床にあり、その久兵衛の後妻が、佐之助と不義をしていたということになる。

平左衛門が丸子屋と取引をしていた頃の内儀は、何度か会って知っている。だが、佐之助の話に出て来た内儀は後妻だというから、久兵衛は先妻とは生き別れか死に別れかしたようだ。

平蔵は、じっと丸子屋の店先を睨みながら、あれこれと考えを巡らせているのである。

平蔵の頭の中に今あるのは、佐之助を殺した下手人《げしゅにん》をあぶり出して、佐之助の無念を晴らしてやりたいという強い思いである。

佐之助が昔の自分と似たような悩みを抱えていたというだけではなく、己の馬鹿な振る舞いで別れて暮らすことになった倅の姿を、佐之助の中に見ていたからだった。

佐之助が、悩みを打ち明けに来たあの日、甘酒を飲みながら、

「田舎におっかさんが一人で暮らしているんだ。こんな旨い甘酒を飲ませてやったら、どんなに喜ぶか……」

そう言った佐之助の言葉の中に、遠くに暮らす母親への思慕《しぼ》を強く感じ、その思慕は、常に平蔵が別れた家族に持ち続けている思いと重なり、胸を熱くしたのだった。

平蔵が見た限り、佐之助は母親思いの働き者だったのだ。働いて働いて、一文でも多く母親に送金したいと思っていた男だ。

その佐之助を色香で誘い、情交の淵に引きずり込んだのは、丸子屋の後妻におさまった内儀に違いない。

しかも、恐ろしいことをするように迫られたと佐之助は言っていたが、

――それがどんなことか、おおよその察しはつく。

平蔵は、病に臥《ふ》せっている久兵衛のことも心配だった。

病の床についている亭主を裏切り、若い男と情交を重ねるような女なら、丸子

屋のっとりだって考えていてもおかしくない。

古道具屋の軒下で平蔵が張り込んで半日、今日は内儀の動きはないのかもしれぬと、平蔵が浅草寺に引き上げようとしたその時、町駕籠《まちかご》がやって来て店の前で止まった。

すると店の中から小僧が出て来て、すぐに店の奥に入ったと思ったら、

「いってらっしゃいませ」

奉公人たちに見送られて、丸子屋の内儀が出て来た。

「！……」

なるほど、内儀は男好きのする色っぽい女だった。

「寄り合いは夜までかかると思いますからね」

内儀は見送りに出て来た奉公人にそう告げると、町駕籠に乗り込んだ。

平蔵の目が、険《けわ》しい光を放った。

背を丸めて、平蔵は町駕籠の後を尾《つ》け始めた。

町駕籠は神田川を渡り、御成道《おなりみち》を北に進むと、池之端仲町《なかちょう》の観音堂《かんのんどう》の前で止まった。

内儀はここで駕籠を帰した。

そして自分は一人でひっそりとした路地に入ると、軒を連ねる出合茶屋の一軒に入った。

平蔵は、その店に近づいて、店の名を確かめたのち、路地に置いてある天水桶《てんすいおけ》に身を隠した。

そうして一刻（二時間）が過ぎた頃だ。

出合茶屋から意外な人物が出て来た。

丸子屋の番頭多岐蔵《たきぞう》だった。多岐蔵は平蔵も知っている。

――まさか……。

と思っていると、人の目を憚るようにして内儀が出て来た。

内儀は番頭とも出来ているらしい。とんだ女狐《めぎつね》だと怒りが先に来て、平蔵は内儀を呼び止めた。

「丸子屋のおかみさんですかい」

内儀は、はっとして平蔵を見ると、

「違いますよ、人違いです」

慌てて打ち消した。

「そんな筈はねえ。店を出たところから、ずっと尾けてきていたんだ」

者でね」

「それに、あんたは知らねえことだが、あっしは久兵衛さんを、よく知っている者でね」

内儀は、青くなった。

「！……」

ぎらりと見る。

「誰だい、お前さんは……」

内儀は、かなきり声で訊く。

「浅草寺で掃除をしている者だ。佐之助さんからいろいろと相談を受けていた者でね」

「な、なんだって」

「おかみ、おかみのやりくちは酷いんじゃないのかね。佐之助を色香で誘って情交の淵に引きずり込んだ。そして、佐之助がその淵から抜け出せねえことを確かめて、何か悪いことをやらせようとしたんだろ」

「な、何言うのさ」

「あっしには分かっているんだ。ところが佐之助は二の足を踏んだんだ。いや、やんわりと断ったのかな……」

きっと内儀を睨み据える。

「！……」

内儀は後ずさりした。

平蔵は、兎《うさぎ》を罠《わな》に追い込むように、じりっじりっと近づきながら言葉を重ねた。

「それでお前さんは困ったんだ。悪計《あっけい》を打ち明けた以上、放っておくことはできない。世間にバレるのを恐れて佐之助を殺したんだ……そうだな」

「知らないよ、作り話をしないでおくれ」

「あっしには見えるんだ、佐之助がお前さんに許しを乞う姿がな。佐之助はこう言ったんじゃねえのかい……私には田舎におふくろさんがいる。命だけは助けて下さい……ってね。泣いてすがる佐之助の姿が、あっしには見えるんだ。女のために地獄に足を踏み入れてしまった男の嘆きがな」

「！……」

「奴は母親思いだった。反物をたくさん売りたいと考えたのも、田舎のおふくろに一文でも多く仕送りをしたいがためだったんだ。それがなけりゃあ、佐之助はお前さんの手には落ちなかったろうよ。お前さんは、久兵衛さんのためにも、丸子屋のためにも、一分のためにもならねえ女だ。番屋に突き出してやる」

ぐいと内儀に近づいたその時、後ろからいきなり衿《えり》を摑まれた。

「何をする……」

振り向こうとしたが、強い力でねじ伏せられた。

顔をねじって見ると、目が窪《くぼ》んだ浪人者だった。

「そうか、これで分かったぞ」

平蔵が叫んだその時、

「いいから、殺《や》っておしまい！」

内儀が、浪人者に命令した。

六

「平蔵さんが殺された……」

千鶴は驚いて猫八に聞き返した。

「へい、不忍池《しのばずのいけ》のほとりの藪《やぶ》の中で見つかったんです。遺体はまだ池之端の番屋ですが、浦島の旦那が先生に遺体の傷を診ていただきたいとおっしゃって……

それで走って来たって訳なんです」

猫八は庭に立ったままで告げた。一刻も早く、千鶴に同道願いたいといった顔だ。

「でもよく、平蔵さんと分かりましたね。そんな場所で殺されたのなら、平蔵さんのような一人暮らしの人は、なかなか身元は分からないものでしょうに……そうか、猫八さんは会ってますよね」

千鶴は手ぬぐいで手を拭きながら、縁側に歩み寄った。

「いやいや、あっしたちも番屋に行くまで平蔵爺さんとは、知らなかったんです」

「先生、平蔵爺さんの名前ぐらい、すぐに分かるんじゃないですか。ほら、あんな素晴らしい薬籠を持っているんですもの。本当にあれが平蔵爺さんのものなら、薬籠から調べれば……」

お道が、ざるに乾いた薬草を入れて診察室に入ってきた。

「薬籠……なんですかそれは……そんな物は持っておりやせんでしたぜ、平蔵爺さんは」

猫八は怪訝な顔をした。だがすぐに、

「いまさっきも申しましたが、あっしの所に死人が見つかったと話が来たのは、番屋からでした。今月の当番は北町ですから、殺しの報《しら》せはまず北町の岡っ引に行った筈です。いや、行ったんです。ところが番屋の者の話では、北町の定町廻りは『浮浪《ふろう》の爺さんの死にかまっちゃいられねえ、そのまま回向院《えこういん》に運んで無縁仏にするか、大川《おおかわ》に流して魚の餌《えさ》にしてしまえ』などと言ったらしくて、それじゃあ、あんまりかわいそうじゃないかと、番屋の小者《こもの》たちの中に、あっしと知り合いの者がいて、それで相談してきたって訳なんです」

猫八は、北町の連中に腹を立てていた。

「分かりました、とにかく参りましょう。お道っちゃんも一緒に来て頂戴《ちょうだい》」

千鶴は、白い診察着を脱いで立ち上がった。

猫八の案内で、千鶴とお道は、池之端の番屋に向かった。

梅の花が咲き、鶯《うぐいす》の声も聞こえる。春とはいえ、外に出るとまだ寒い。

「急ぎましょう。早足で歩けば身体も温かくなります」

千鶴は、ぐいぐいと歩いた。歩きながら千鶴は、

──誰が、何のために平蔵さんを殺したのだろうか。

と思った。

それと同時に、平蔵は何故《なぜ》、池之端などに行ったのだ……という疑問が生まれた。

池之端の番屋では、浦島がいらいらしながら千鶴を待っていた。

猫八に連れられて、千鶴とお道が番屋に入ると、

「これは先生、すみません」

浦島は、小者を促《うなが》して、平蔵の死体に掛けてあった筵《むしろ》をはぐらせた。

「平蔵さん……」

千鶴とお道は、平蔵の白い顔に手を合わせた。

平蔵の胸は、鋭利な刃物で心の臓をひと突きにされたようだ。左の胸の辺りの着物が切れていて、着物をめくると胸の辺りは血がべっとりと固まっていた。

「お道っちゃん、刃物で殺された時の傷跡を、良く見ておいて頂戴」

千鶴は厳しい顔で告げ、

「殺されたのは昨夜ですね」

平蔵の着物の胸元を合わせてやりながら言った。

「金を持っていたかどうか分かりませんが、巾着《きんちゃく》は持っていませんでしたね。と言っても、こんなしょぼくれた爺さんを、金目当てで殺す奴もいないでしょう

し」

浦島が言う。すると猫八が、

「旦那、この爺さんは、ずいぶんと高価な薬籠を持っていたということですぜ」

「なに……」

浦島が驚くと、

「平蔵爺さんは、元は大店のご主人だったんです。店を人にとられて、浅草寺の掃除人をやっておりましたが、昔特注した薬籠だけは持っていたんです。私も千鶴先生も見せてもらいましたが、それはもう美しいもので、蒔絵を施した滅多《めった》にお目にかかれない品でした。平蔵爺さんは、自分に何かあった時には、それを金に換えて始末をしてもらいたいなんて言っていたのに、殺されたばかりか、その大切な薬籠まで下手人に奪われてしまったなんて、本当にお気の毒、なんて運がないのかと思ってしまいます」

お道は死体を目の前に、涙をぽろぽろとこぼした。

「そういうことなら、先生、金目《かねめ》の物を狙って爺さんを殺ったということもある訳ですね」

相変わらず浦島の推理は単純だ。

「浦島様、確かに巾着は無くなっているかもしれないし、薬籠もこれは確かに無くなっています。でも私の、これは勘ですが、物や金ほしさの殺しとは思えません」

「なるほど……すると千鶴先生は、なぜ平蔵爺さんが、不忍池で殺されたと……」

「浦島様は、佐之助殺しの探索の時、平蔵爺さんにいろいろと話を聞いたことを覚えていますよね、数日前のことですもの」

「覚えている、私は記憶が人一倍いいんだ」

「旦那……」

横で猫八が苦笑する。

「あの時、佐之助さんが主のおかみさんから誘われた場所が、池之端の出合茶屋と……」

「あっ」

浦島は声を上げた。

「覚えてなかったんですよね、旦那」

猫八が、浦島の耳に囁く。

「う、うるさい」

浦島は、猫八のつっこみに声を上げた。

「平蔵爺さんは、ひょっとして、二人が逢い引きしていた宿を見付けて何か重大なことを摑んだのかもしれない」

千鶴は言った。

「すると、それが原因で殺されたと……」

浦島は真剣な顔で訊く。

千鶴は頷いた。

「佐之助殺しと、平蔵爺さん殺しは、同じ穴の狢《むじな》という事ですね」

浦島は、同心然とした顔で言った。桂治療院に鬱の状態で診察に来ていた時とは、明らかに目の輝きが違ってきていた。

「それと遺体をどうするかですけど、本来なら働いていた浅草寺にというところですが、浅草寺に墓地はございません。身内もいないとなると、回向院に葬っていただくしか方法がありませんね」

千鶴が言う。

「葬る先は回向院でも、爺さんを知ってる者が集まって手厚く葬れば、爺さんも満足してくれるに違いない。そうだよな、爺さん……」

浦島は、眠っている平蔵の顔を痛ましげに見た。

「ここですね、遺体が転がっていたのは……」

番屋の小者で、猫八の知り合いだという留三《とめぞう》は、千鶴とお道を、平蔵の遺体があった不忍池のほとりの、枯れた茅《かや》の中に案内した。浦島も猫八もついてきた。

「そうですね、ここで殺したようですね」

千鶴は辺りを見渡した。

枯れた茅は昨年茂っていたもので、一面がさむざむとして見えるが、その根っこには、新しい芽が顔を覗かせている。

平蔵の血は、畳一畳ほどの茅の茂みを、真っ赤な血で染めていた。

「そう言えば、平蔵さんの履物《はきもの》はありましたか」

千鶴が辺りを見渡してから、

「履いてなかったように思うんですが」

小者の留三に訊いた。

「履物は遺体の側にはありませんでした。この茅の茂みも辺りを探してみましたが、見つかっておりません」

「そう……」

千鶴は、もう一度辺りを見回してから、浦島に告げた。

「浦島様、平蔵さんは、ここに連れてこられて殺されたのだと思います」

「履物を探しだせば、その場所で下手人は平蔵爺さんを拉致《らち》したって事ですね」

「はい、しかもその場所は、池之端のどこかにある」

千鶴は、春の芽吹きを待つあたりの風景に目を馳せた。

「よし、皆に探させましょう」

浦島は、はきとした声で言い、

「留三、番屋の者に手伝わせて探してみてくれ」

留三に命じた。

「ではお先に……」

留三が茅の茂みを出て行ったその時、

「先生」

お道の声が上がった。

「これ、ひょっとして平蔵爺さんのかしら」

お道は、血まみれの手ぬぐいを摘《つ》まんで持って来た。

広げて見てみると、手ぬぐいには、山のなんとかという染め抜いた文字が見える。なんとかという文字には血が掛かっていて、とても読めない。

「ずいぶん使い込んだ手ぬぐいだな」

猫八が言った。

血で染まっていない部分の生地《きじ》は弱り、色も薄汚れた色に変わっている。

お道が思い出したように言った。

「これは浅草寺にある高級料理屋の『山《やま》の月《つき》』の手ぬぐいだと思います。料理屋に上がってくれたお客さんに、記念として渡しているものです。以前に両親や姉と一緒に、山の月にお食事に行ったことがありますから」

「さすがは大店のお嬢様だな、うらやましいや」

猫八が言う。

「やめてよ、猫八さん」

お道は、猫八をきっと睨んだ。

「まさか平蔵爺さんが、その料理屋に上がる訳もないと思うが……」

浦島は懐から油紙を取り出すと、猫八に渡した。

猫八は、油紙に血塗りの手ぬぐいを包んだが、

「ちょっと待って」

千鶴が止めた。

「何か書いてあるような……」

「ほんとですか」

猫八が、再び手ぬぐいを広げて見る。

「ここ見て下さい……」

千鶴が指したその場所に、はぎ、と書いてあるようだ。墨《すみ》の字だった。

「この文字の墨は、まだみずみずしい。昨日今日書いたものですね」

千鶴は言う。

「はぎ……なんのことですかね」

浦島は呟いた。

千鶴たちは、それで茅の茂みを出た。

もう一度番屋に戻ると、

「履物が見つかりました」

留三たちが草鞋《わらじ》を摑んで番屋に戻ってきた。

「どこにあった？」

浦島が留三が差し出した草鞋を手に取り、表を見、裏を見る。

草鞋は随分《ずいぶん》履きこんだものだった。修理をしながら使ってきたようで、鼻緒《はなお》の片方の前坪《まえつぼ》は縄、もう片方の前坪は古い切れで繕《つくろ》っていた。

「池之端の横町に入る手前の、お稲荷《いなり》があるところの溝《どぶ》に捨てられていました」

留三は言う。

「しかしこれが、この爺さんのものだとは分かるまい」

浦島は、ふと筵をかぶせた平蔵の遺体を見た。

するとすぐにお道が言った。

「足に合わせてみたらどうでしょうか。随分使い込んだ草鞋ですから、足の癖にそって、へこみが出来ている筈です」

「なるほど、よし、やってみてくれ」

浦島は留三に命じた。

留三は、筵をめくって平蔵の足に草鞋を履かせた。

草鞋の癖は、平蔵の足にぴたりとおさまった。

「間違いねえ、平蔵の草鞋だ」

猫八が言った。

七

「お熱があるようですね。お風邪《かぜ》を召したようですが、咳は酷くありませんか」

千鶴は松野《まつの》の熱を確かめ、口の中の状態を診、脈を取りながら尋ねた。

側には中年の女中が一人、そして往診に付いて来たお道が神妙な顔で控えている。

松野というのは、菊池求馬の母親である。

菊池の屋敷は、大番組に勤める前から米沢町薬研堀《やげんぼり》近くにある。

以前は母親と、下男《げなん》の佐平《さへい》、そして求馬の三人暮らしだったのだが、お役をいただいてからは、お勤めの日には挟《はさ》み箱《ばこ》を持つ中間《ちゅうげん》がやって来るし、女中も一人雇っていて、家禄二百石の旗本とはいえ、武家の屋敷らしいたたずまいになっている。

「咳はさほどではございませんが、お熱が高く、食欲が無いのが心配です」

控えている女中が言った。

千鶴は頷き、次には松野の腹を探って耳を当て、顔を起こすと、

「胃の腑《ふ》、腸の腑が弱っているようです。食べられない時は無理をして食べなくても良いと思います。今日は熱を下げるお薬を差し上げます。熱が下がれば食欲《しょく》も出ますから、まずお粥《かゆ》から食してみて下さい。硬い物はよくありませんので、柔らかいものから食べて下さい。それと、お腹を整えるお薬もお出ししておきます」

千鶴は、松野に、そして女中の顔を見て告げた。

お道がその言葉を聞いて、往診の薬箱から、二つの薬包紙を出して説明した。

「こちらが、お熱を下げる薬、そして、こちらがお腹のお薬です。それぞれ三包分置いて参ります。これで足りないようなら、お知らせ下さいませ」

「千鶴殿に脈をとっていただいて、ほっと致しました。礼を申します」

松野は微笑《ほほえ》んだ。

「何時でも遠慮無く、具合がよろしくない時にはお知らせ下さいませ」

千鶴も笑みで応える。

「嬉しいことをおっしゃいますこと。千鶴殿のような方が近くにいて下さったら、どんなに安心して暮らせることでしょうね。こんなことを伺《うかが》っては失礼な

のですが、千鶴殿、千鶴殿はどなたかと縁組みがお決まりなのでしょうか」

ふいに松野は、どきりとするようなことを訊いてきた。

「いえ、このような仕事をしておりますと、なかなか……」

どぎまぎしてそう応えると、

「まあ……」

松野は病人とは思えない晴れやかな声を上げると、

「あのね、千鶴殿……」

膝を寄せてきた。だがその時、

「やあ、来て下さったのですか、助かりました」

求馬が帰って来て、松野は首をすくめて口を噤《つぐ》んだ。

「母上、もう診ていただいたのですね」

松野に訊く。

「すみませんが今少し、千鶴殿とお話がしたくて……」

松野が言い終わる前に、

「母上。その前に私も千鶴殿に話があるのです」

松野の言葉を遮《さえぎ》ると、

「千鶴殿。実はあの後、佐之助という男について妙な話を聞いたのだ」

求馬は、女中に小座敷にお茶を運ぶように申しつけると、千鶴とお道を玄関脇の来客用の小座敷に案内した。

そして対座し、

「千鶴殿は薬種問屋の『東海屋《とうかいや》』を知っておるな」

真顔で訊いた。

「はい、もちろんです。本町《ほんちょう》の近江屋《おうみや》さんの三軒隣にあるお店ですね。求馬様は、東海屋さんをご存じなのですか」

千鶴は訊く。

近江屋とは、桂治療院に生薬《しょうやく》を分けてくれている店だ。近江屋の手代頭の幸吉《こうきち》は、桂治療院の薬草園の世話もしてくれていて、大変親しい。

一方の東海屋とは桂治療院は取引はない。だが、薬種問屋が連《つら》なる本町の中でも大店の部類に入ることぐらいは聞いている。

「東海屋は国内で採れる良質の生薬を扱っているので知られた店だ。俺も長い間東海屋から丸薬にする生薬を買っている。また逆に、出来上がった丸薬を納めてもきた。昨日久しぶりに立ち寄ったら、番頭が妙な話をしたのだ」

求馬の目は険しい。

「妙な話とは……」

「丸子屋の手代の佐之助という男が、附子《ぶし》を分けてくれとやってきたというのだ」

「まあ……」

千鶴は驚いて、お道と顔を見合わせた。

附子とは、猛毒トリカブトの根のことで、漢方薬として使用されるものなのだが、間違って処方すると人の命を奪う恐ろしい生薬だ。

日本の山には多数生育していて大きな薬種屋には置いてある。だが、近年附子による人殺しや事故が多発し、医師にしか販売してはならぬというおふれが出ている。

だから、附子購入の際には、所と名前を記入し、印をおさなければならない。

「佐之助は、深川《ふかがわ》の英斉《えいさい》と名乗って購入しようとしたらしいが、東海屋の通い女中が、佐之助の反物を買ったことがあって顔を覚えていた。それで、あの男は医者ではないということになり、佐之助を問いただしたところ、佐之助は自分は英斉だと言い張って認めなかったが、東海屋は佐之助を怪しんで附子を売らなかった。結局英斉と名乗る佐之助は、すごすごと帰って行ったというのだ」

「求馬様、それは何時のことですか」

千鶴は険しい顔で訊く。

「佐之助が殺される二日ほど前のことだな」

「先生、平蔵爺さんに佐之助さんが言っていた、恐ろしいことというのは、附子を手に入れることだったんでしょうか」

お道の顔は、恐ろしさで引きつっている。

それもそのはず、千鶴もお道も、以前に附子を盛られて亡くなった人を目の当たりにしている。

附子を盛られてしまえば手の施しようがないのである。他の毒には解毒《げどく》になる薬があるのだが、附子にはない。盛られたらお仕舞いなのだ。僅《わず》かな量で、人はあっけなく死んでしまうのだ。

「恐ろしいことだ。佐之助を殺した奴は、佐之助に人殺しの片棒を担がせようとしたんだな。だがそれは失敗に終わった。佐之助は口封じに殺されたのかもしれぬな」

求馬は千鶴を見た。

「まさかとは思いますが、丸子屋には臥せっている御亭主がいると聞いています」

千鶴は言った。するとお道が、

「佐之助さんを不義の道に誘い、薬を買わせようとしたのが、丸子屋のおかみさんなら……先生！」

お道は、はっとして口を掌《てのひら》でふさいだ。

「東海屋の番頭は、すぐに丸子屋に出向いて、あちらの番頭に何故附子を買い求めたのかと質《ただ》したようだ。すると番頭は佐之助などという者は知らないと言ったそうだ。妙な話ではないか。殺される直前まで、佐之助は丸子屋の看板を背負って商いをしていたんだ」

千鶴は頷き、

「おっしゃる通りですね。早速浦島様に連絡して、他の薬種問屋に問い合わせてもらいます。附子を求めて行った怪しい者はいないかと……」

「それだが、東海屋はすぐに本町筋の薬種問屋の仲間に、事の次第を知らせ、附子販売には慎重を期すように伝えたということだ」

求馬はそう言ったが、

「医者なら買うことが出来るってことですよね……すると、どうしても附子を手に入れたいのなら、今度は本当の医師を使って手に入れようとするかもしれない。だってお金を積まれたら何だってするたちの悪い医者はいる筈です」

お道が案じ顔で言った。

千鶴とお道は、米沢町の求馬の屋敷を辞すると両国《りようごく》の回向院に向かった。浦島と猫八が回向院で待っている筈だった。平蔵を弔《とむら》うためである。

米沢町から回向院に行くには、両国橋を渡れば目と鼻の先。二人は混雑する橋の上を、すいすいと往来する人をくぐり抜けるようにして足を急がせた。

「でも驚いた」

お道はくすりと笑った。

「あら何よ、お道っちゃん。思いだし笑いなんかして……何かいいことあったのかしら」

千鶴はお道の横顔に訊いた。

「いやだ、先生のことじゃない」

お道は人とぶつからないように身体を躱《かわ》して、千鶴をちらと見た。

「私のこと……」

「はい。松野様は、きっと先生を求馬様のお嫁さんにってお考えなのよね」

「お道っちゃん、求馬様には縁談がある筈ですよ。滅多なことを口に出してはいけません」

「いいえ、縁談が持ち上がったりしているからこそ、急いでいる訳じゃない？……松野様としては。それにあのお体では心細いでしょうし、ご自分が元気なうちに求馬様に嫁をって考えるのは不思議じゃないわ」

「詮索《せんさく》はよしなさい」

「とかなんとか言って、私の目には、求馬様と先生は心が通じ合っているってことは分かっているんですから。いっそのこと、えいやって飛び越えて一緒になればよろしいのに」

「私には治療院があります」

千鶴は、つんと鼻をあげた。

「それは私にお任せ下さい。私はもう、そこらへんの藪医者より腕がいいんです。先生もそれは認めて下さって、近頃は診察も許して下さるのでしょう？」

「まだまだ……それに、お道っちゃんこそ大店のお嬢様、本当に今後もずっと手伝ってくれるのか、私はそれが心配です。治療院は患者が増え続けています。とても手が足りません。なんとかしなければと考えているんです。自分の縁談など考えられる身分ではないのです」

「先生、私はお嫁にはいきませんから……私には夢があります。何時か先生のようなお医者になりたいっていう夢が」

屈託のない顔でお道は言った。だが、

「あっ、甘酒……」

両国橋を渡ったところで、お道は橋袂《たもと》で屋台を出している甘酒屋に走って行った。

「しょうがない人ね」

甘酒を飲みたくて走って行ったのかと思いきや、お道は往診箱から湯飲み茶碗を出し、それに甘酒を入れてもらっていた。

「いっぱい入れなくていいのですよ、お供えするんですから」

お道は甘酒屋に告げていた。甘酒は、これから回向院で弔う平蔵に供えるつもりらしい。

――お道っちゃん……。

千鶴は微笑んだ。

お道は、大店の娘にありがちなわがままや傲慢《ごうまん》さがない。天真爛漫《てんしんらんまん》だ。だが人の心の痛みを思いやれる娘だ。

にこっとこちらに笑顔を見せたお道に、千鶴は頷いて、引き返してくるのを待った。

甘酒を買い求めた二人は、回向院に急いだ。

無縁仏の石塔の前では、平蔵の埋葬《まいそう》を終えた浦島と猫八が待っていた。二人の側には、千鶴の知らない町人の男もいた。

「先生、こちらは浅草寺境内にある料理屋『山の月』の板前で、国松《くにまつ》さんという人です」

猫八が紹介してくれた。千鶴とお道も名を名乗ると、

「この国松さんが、平蔵爺さんに山の月の手ぬぐいをあげたというんでさ」

猫八は言い、国松を見た。国松は頷くと、

「平蔵さんは、山の月の店の前も掃除をしてくれていました。それであっしは時々、お客が呑み残した酒で、平蔵さんを誘って一杯やっていたんです」

「丁度良かった」

お道は千鶴と顔を見合わせて頷くと、無縁仏の墓に持参した湯飲み茶碗を供えた。

「平蔵さん、甘酒買ってきましたよ。あの世で佐之助さんと飲んで下さいね」

お道は手を合わせて平蔵に告げる。

「畜生《ちくしょう》、あんないい爺さんを、許せねえな」

国松は、手を合わせる千鶴とお道の背後から怒りを口にした。

千鶴はみんなを境内の水茶屋に誘った。

団子とお茶で一息つくと、千鶴は国松に訊いた。

「国松さん、平蔵さんは昔、京橋で紙問屋を営《いとな》んでいたって聞いていますが、ご存じですか」

「へい、その通りです」

国松は頷くと、

「もう十年も前のことですが、平蔵さんは京橋の紙問屋『山城屋』の主でした。名を平左衛門と名乗っておりやした」

「平左衛門……やはりそうでしたか」

いくら貧しい形《なり》をした掃除人であっても、平蔵の身体を包んでいるそこはかとない品格からは、昔の暮らしが偲《しの》ばれた。

浦島たちも平蔵の昔を聞くのは初めてらしく、驚いて国松を見た。

「あっしもその頃は、京橋の小料理屋におりやしたから、平左衛門さんのことは、良く知っています。平左衛門さんは、火事で焼け出された人たちに炊《た》き出しをしたり、千代田《ちよだ》やお奉行所に掛け合って焼け出された人たちの便宜《べんぎ》を図《はか》ったりと、とにかく京橋筋では皆が一目置く存在でした」

それが、店を人に渡して家族は行方知れずになったと聞いていた。そして、国松が山の月の板前になってまもなく、平左衛門が平蔵と名乗り、掃除人をしているのを知って驚いた。

「ですが、あっしは、平蔵爺さんに昔のことを知ってるぞ、なんてことは言いませんでした。平蔵爺さんは、当時あっしが小料理屋の板前だったなんてことは知らないですから……お互い、知らない者同士のつきあいでやってきたんです。あっしにとっちゃあ、平蔵爺さんは親父さんのような人でした。その親父さんが何故、不忍池くんだりまで行って殺されちまったのか不思議だったんですが、今日、親分さんに話を聞いて分かりやした。平蔵さんは……」

国松は言葉を詰まらせた。

代わりに猫八が言った。

「国松さんの話じゃあ平蔵爺さんには倅がいるらしいんだ。その倅の名が、佐之助だったと……」

千鶴は、神妙な顔で頷いた。

佐之助が殺されたのを報せてやった時、平蔵爺さんの異様なまでの衝撃ぶりが頭に浮かんだ。

最初に会った時にたんたんと昔を語ってくれた平蔵の姿と、佐之助が殺されたという話を聞いた時に見せた、煙草の灰をたたき落として踏みつけた姿には、尋常ではない相違があった。

ただ手相をみてあげたお客の災難というだけでは済まない、深い愛着と動揺があったのを千鶴は感じとっていた。

「それで納得がいきました」

千鶴は言った。すると国松は、息を整えて話を継いだ。

「平蔵の親父さんは、商人として栄耀栄華《えいようえいが》を極めた人です。その人が、こういう最期《さいご》を迎えるなどと、誰が考えたでしょうか。あっしは夢を見ているようです。何もかも捨ててしまった親父さんが、ただひとつ、心に願っていたのは息子さんの幸せだったに違いありやせん。だから親父さんは、息子さんと同じ名前の佐之助さんが殺されたと聞いて、じっとしてはいられなかった。何か佐之助さん殺しの下手人に繋がるものを摑みたいと出かけたのだと思いやす」

国松は、また言葉を詰まらせた。

「千鶴先生、私も考えさせられました。私の悩みなど、ちっぽけなものかもしれないとね」

浦島はしみじみと言う。

「旦那、下手人は必ず旦那の手で捕まえなきゃ」

猫八は十手を持つ手に力を込めた。

「それはそうと、猫八さん、佐之助さんの弔いは、諏訪町の菱田屋の女将さんが引き受けてくれたんですか」

千鶴は思い出して訊いた。

佐之助の弔いがどうなったのか、ずっと気になっていた。線香をあげてやりたいと考えていたのだが、すぐに平蔵が殺されて、そのままになっていた。

「ご心配なく。お知らせするのが遅くなりやしたが、女将はこころよく引き受けてくれました。女将が知っている下谷《したや》の寺が、近隣の町で行き倒れになった人などを葬ることもあると聞いて尋ねたらしいんです。そしたら引き受けてくれるというので、女将はねんごろに弔ったと言っていやした。あっしも今日、ここに来るまでに手を合わせてまいりやした。女将はよほど佐之助に惚れていたらしくて、泣き崩れて、慰めるのに大変でしたよ……」

　猫八はそう言ったが、佐之助はまだ住所不定のままだ。菱田屋の女将の好意に救われたとはいえ、肉親に知らせてやることも出来ない哀れな弔いに変わりはない。

「佐之助さんは気の毒な人ですね。丸子屋は知らないと言うんですから、田舎にいる身内の方たちに知らせてやることもできないんだもの」

　お道が言う。

「佐之助さん殺しといい、平蔵さん殺しといい、根っこはひとつ。浦島様、平蔵さんの血塗りの手ぬぐいに、はぎ、っていう文字が書いてありましたが、あの文字の謎は解けましたか」

　千鶴は訊いた。だが浦島は、溜息をついて、

「今調べているところです。どこであれを書いたのか、なんのことなのか、今のところは分かっていません」

「そう、それが分かれば、平蔵さん殺しの謎はとける、私はそう考えているんですが」

すると、国松が思い出したように言った。

「はぎですか……浦島様、平蔵さんは不忍池で殺されていたんですよね」

「そうだ」

「不忍池の端の町は池之端……その池之端の裏通りには、草花の名を屋号にした出合茶屋が、ずらっと並んでいると聞いたことがありますが」

「まことか」

浦島の顔に血の色が走った。

「はい。出合茶屋などというところは、平蔵爺さんの暮らしとは無縁の場所です。ですが、ひょっとしてと思いやして……」

国松は言った。

八

「あらー、ねえねえ、これどうかしら」

お道は、手代が差し出した反物を、胸に当てて千鶴に訊いた。

お道は大店のお嬢様風の出で立《いた》ちだ。上物の絹の着物に西陣《にしじん》の帯を締めていて、もちろん実家で作ってもらった着物だから、そんじょそこらの着物では無い。

それにお道は化粧もしていて、爪紅《つまべに》までつけている。

そのお道が手にした反物は縮緬《ちりめん》、地色は濃《こ》き青《あお》、浜に千鳥《ちどり》が飛んでいる模様である。

「これね、ほらほら、誰のお作だったのか、有名な先生の……う～ん」

考える振りをすると、すぐに横から、

「お嬢様、それは京《きょう》の雁金屋《かりがねや》の流れを汲《く》む」

「違います！……もう、お前さんは何にも知らないのね」

手代が言い終わらぬうちに否定して、ふくれてみせる。

「申し訳ございません」

「そうねえ、お道っちゃんは、もう少し柔らかい色がお似合いじゃない……優しい色が似合いそう」

千鶴は間髪《かんはつ》を容《い》れずに言った。

その千鶴も縮緬の着物をまとっている。淡い紫の小紋《こもん》の模様の着物に濃い茶の帯をきりりと締めて、上品な色気を醸《かも》し出している。

二人の間には、手代が出してきた反物が、数え切れないほど積まれている。

なにしろもう半刻（一時間）も手に取っては置き、手に取っては置きして、次々と出させているのだ。

そう、ここは丸子屋の店の中。

買う気もないのに上客を装《よそお》って、千鶴などはこれまでに見たこともない上物の反物を、あれこれ出させているのだから、これはやってみて分かった事だが楽しくて、こういうのを女冥利《おんなみようり》に尽きるというのだろうかと思った。

一方の丸子屋は、二人が医者だなどと知るよしもない。

着飾った美しい姉妹のような女連れがやって来たものだから、番頭の多岐蔵が目配せして、それ売れ、ほれ売れと、二人の思いつくままの注文に応じて次々と反物を出してきているのだ。

とはいえ、まだ決められないのかと、二人の難しい注文を聞く手代の顔には焦りが見える。

二人はそんな手代を横目に、いらいらさせるのを楽しむように注文を続けるのである。

「そうね、すみません、他のを見せて下さいな」

お道が言う。正真正銘《しょうしんしょうめい》のお嬢様だから、お嬢様ぶりも本物だ。

「では、とびっきりのをお見せしましょう。光琳《こうりん》模様の振袖《ふりそで》です」

ここぞとばかり手代が言うと、

「あら、丸子屋さんでは、光琳なんてもう古いってご存じないの……それは一昔前の模様でしょ、知らないの？」

手代は、しゅんとなった。

なにしろお道は呉服問屋の娘だ。どう言えば相手が困るか百も承知だ。

「それに、このお店のものは染めがよくないわね。丹念《たんねん》に丁寧《ていねい》に染め上げたものは、一見して分かります」

「へい、すみません」

もうしどろもどろの手代では太刀《たち》打ちできないと思ったか、

「与助《よすけ》、私がかわりましょう」

番頭の多岐蔵がやって来て、二人の前に座り手をすりあわせて言った。

「なんでもおっしゃって下さいませ。私は番頭の多岐蔵と申します」

「わざわざ番頭さんにお見立ていただくなんて。そうそう、こちらに佐之助さんという手代さんがいらっしゃいますよね。その方にお相手をお願いします」

お道はしらっとして言った。

一瞬にして番頭の顔色が変わった。

千鶴もお道も、それを見逃さなかった。互いにちらと視線を合わせた。

番頭は、自分の狼狽《ろうばい》を取り繕うように下卑《げび》た笑いを顔に載せると、

「申し訳ありません。佐之助などという手代は、うちの店にはおりません」

苦笑して言う。

「おかしいわね。ついこの間、佐之助さんの反物を選んでくれる目は確かだ。間違いないから、是非買ってやってほしいと頼まれたんですよ、知り合いの人からね」

千鶴は言って、さりげなく番頭の顔色を見る。

「それは何かの間違いでしょう。この世には人の店をかたって商いをする困った人間がおりますからね」

「おかしいですね……知り合いの人は、ついこの間のことですが、こちらのおかみさんと佐之助さんを池之端で見たって言っていましたよ。他人のそら似だった

のかしらね」

千鶴は言って、番頭の顔を見た。

番頭の顔は、瞬《また》く間に強《こわ》ばって、言葉を探しているようだが出てこない。

追い打ちを掛けるように千鶴は言った。

「佐之助さんがいないということなら……どうする、お道っちゃん？」

お客の雲行きが変わってきたのを知った番頭は、苦虫《にがむし》をかみつぶしたような顔だ。

と、その時だった。

「誰か、道賢《どうけん》先生を呼んできて下さい、旦那様の容体《ようだい》が……」

奥から中年の女中が走り出てきた。

「おなみさん、道賢先生は今日はお出かけの筈だと知ってるだろ」

番頭は女中に冷たく言った。

「でも、それじゃあ旦那様が、ああ、どうしたら……」

おろおろする女中を見て、千鶴が立ち上がった。

「私が診ましょう。私は藍染橋で治療院を開いている桂千鶴と申します」

「まあ、本道も外科も診て下さる先生ですね、噂で聞いています。お願いいたします」

女中のおなみは、ほっとした顔で手を合わせた。

「では、旦那様の所に案内して下さい」

「はい、こちらです」

女中は言った。

あっけにとられている番頭や手代を置いて、千鶴とお道は、女中の案内で店から奥に入った。

「どうしました……」

千鶴は部屋に入るや、布団の上に半身を起こして苦しんでいる、主の久兵衛に駆け寄った。

「桂千鶴先生です」

先ほどの女中が久兵衛の耳元に言った。

一見したところ、久兵衛の顔はむくみ、皮膚の色も赤黒い。

「苦しいのですね……」

千鶴はしばらく久兵衛の背中をさすってやった。久兵衛の口から微《かす》かに臭《にお》うニンニクに似た匂いに、千鶴は内心どきりとした。

――石見銀山《いわみぎんざん》（砒素）中毒……。

頭の中を、その言葉が駆け巡った。

「先ほど薬湯《やくとう》を飲んだところですのに……」

女中の言葉に、千鶴はぞっとする。

千鶴は平静を装って久兵衛の背中をさすり、息が少し落ち着いたところで、久兵衛の口中を診、目を診、腹を診、そして脈をとった。

久兵衛の口の中は荒れていた。目は充血し、腹を押すと顔を顰《しか》めた。胃の腑も腸の腑も相当傷《いた》んでいるように思えた。そして脈は、弱かった。

「近頃旦那様は、身体がだるく、立ち上がるとめまいがするとおっしゃいます」

女中が、久兵衛の身体を支えながら説明すると、

「それに、し、痺れがきて……」

久兵衛は弱々しい声で言った。

「腕を伸ばしてみて下さい」

千鶴の言葉に久兵衛は腕を伸ばすが、その手の先は、ぶるぶると小刻《こきざ》みに震えている。

「いつからこんな状態なのですか?」

千鶴は険しい顔で女中に訊いた。

「長いです、もう……特にこのひと月ほどの間に、だんだん酷くなって」

女中は案じ顔で言う。

千鶴は頷いた。

久兵衛の症状は、砒素中毒に見られる症状だった。いや、トリカブトの場合でも、似たような症状が出ることは分かっている。

「かかりつけの医者は……先ほどは道賢先生とか言っていましたね」

千鶴が訊いた。

「はい、南伝馬町《みなみてんまちょう》一丁目にお住まいの先生です。なんでもシーボルト先生の薫《くん》陶《とう》を受けたお方とか」

「シーボルト先生の……」

千鶴は、首を傾げた。シーボルトの門弟の中に、そんな名前は無かった。

「おかみさんが良く知ったお医者様なのですが、数日前から箱根《はこね》の湯に入りに行くとおっしゃっておりましたから……」

「こんな病人を抱えているのに湯治《とうじ》ですか」

お道が言った。すると、

「先生、私の病は治るものでしょうか。治らぬと分かっているなら、遺言を伝えたい者がおります」

久兵衛は、苦しい息の中から言う。

「私に任せて下さるのなら、病は回復する望みはあります」

「まあ……」

女中の顔が一瞬晴れた。

ちらっと縁側の障子《しょうじ》に人の影が立った。ちりん、鈴の音がした。影から察するに男だった。誰かは分からないが盗み聞きをしているようだ。

だが千鶴は、それには気付かないふりして久兵衛と女中に言った。

「まず、私の言う通りにして下さい。今すぐに、道賢さんから処方されているお薬をこれへ……」

「は、はい」

女中は何が何だか分からない顔で立ち上がると、まもなく五袋の薬包紙を千鶴の前に置いた。

「これは私が預かります。これからは私が出すお薬を飲んで下さい」

女中も久兵衛も、神妙な顔で頷いた。二人とも何か心にひっかかっていたものがあったという顔だった。

「事と次第によっては、私の治療院で養生《ようじょう》していただきますが、よろしいでしょうか」

千鶴がそう言ったその時、

「お待ち下さいませ」

部屋に女が縁側から入って来た。だがあの男の影は消えていた。影と入れ替わりに女は部屋に入ってきたようだ。

「この人の内儀でございます」

入ってきた女はそう言うと、千鶴の前に座って睨み据えた。

その目は男を絡《から》め取るような色をしている。柳腰の、美しいといえばそうかもしれぬが、どことなく腐敗臭のするような女だった。

「千鶴先生とおっしゃるとか……ただいま先生は、旦那様を治療院に連れて行って養生してもらうとかなんとかおっしゃいましたが、道賢先生のお考えも聞いてみませんとね」

許すものかという気持ちが声音《こわね》に出ている。

「では、おかみさんは、旦那様の具合が悪くなってもよいとお考えなのですか」

千鶴は険しい顔で訊いた。

「まさか、この人は、この店の主で私の夫です。この家で看病してあげたいのです」

気色ばむ内儀に、

「止めなさい！」

意外にも久兵衛が力を振り絞って、一喝した。

「私の身体だ、私が決める。お前は黙っていなさい」

内儀を叱りつけた。

「おまえさま……」

内儀は驚いたようだった。

「おかね、お前は、私の看病をしてくれた事があったかね。私の看病をしてくれているのは、おなみ一人、違うか……お前に口を出されるいわれはない」

病人とはいえ、気力をふりしぼったその声は、痩せているだけに凄《すさ》まじく、おかねという内儀は、たじたじとなった。

久兵衛は、内儀を黙らせてから、

「先生、よろしくお願いします」

神妙に頭を下げた。

九

「千鶴、間違いないな」

酔楽が薬包紙に入った生薬を手に、診察室に入って来た。

「石見銀山で間違いありませんね」

千鶴は念を押した。

「こうしてわしも調べたのだ。間違いない。さて、これからどうするかだな」

どっかと座った。酔楽にはついこの間までのしょげ返っていた面影はない。

丁度千鶴は、診察を終えたところだった。今日はお道の姿はない。

お道は、昨日一度治療院に戻り、千鶴が処方した薬を持って丸子屋に向かい、そのまま泊まり込んでいる。

他人の目がなければ、久兵衛も女中のおなみも、心細いのではないかと思ったからだ。

だからお道は、薬だけでなく、久兵衛に食べさせる粥や、自分たちが食べる食事も持参した。

そして今日は今日で、千鶴の報せを受けて酔楽とやってきた五郎政を丸子屋にやった。久兵衛やお道の用心棒を頼んだのだ。

それというのも今朝泊まり込んでいるお道の使いだと言い、おなみが手紙を持って来たが、その手紙には、腰に鈴を着けた浪人が一人、内儀のおかねの用心棒として通ってきていると書いてあったのだ。

昨日、久兵衛の部屋で盗み聞きしていたのは、その浪人だと思われる。

佐之助は刀で殺されている。口封じに、その浪人が殺ったかもしれないのだ。

それを思うと、ぞっとする話で、求馬がいれば用心棒を頼みたいところだが、いまやお役持ちとなった身ではそれも出来ない。五郎政を頼るしかないのである。

「おじさま、私はこれから、久兵衛さんをここに連れてこようと思っています。事は急ぐのです。それに……」

と千鶴は、おなみの話には、もう一つ聞き捨てならないことがあったのだと言った。

「おなみさんは、これまで誰にも言えなかったと前置きして、こう言ったのです。佐之助さんは丸子屋の手代でした。間違いありませんと……」

「ふむ」

　酔楽は腕を組んで頷いた。

　佐之助が殺されていたと知った時、内儀のおかねと番頭は、すぐに店の者を集め、佐之助の死を旦那様には言ってはいけない、身体に障《さわ》る。また町方の者がやって来たら、佐之助は店の者ではない、知らぬ人だと口裏を合わせるように厳しく命じたと言うのであった。

「それだけではありません。お内儀と番頭の多岐蔵は、もう随分前から出来ていたというのですが、おなみさんや店の者たちは知っていても口には出せなかったようです」

　千鶴は、知り得たことを洗いざらい酔楽に告げた。

　これで佐之助が平蔵爺さんに相談していた話と何もかもつながってくる。

「よし、そういうことなら、一刻も早く丸子屋はここに連れて来る。そして、毒を盛った藪医者には、どんな手を使っても吐かせることだな。医者の風上《かざかみ》にもおけぬ奴……」

酔楽は怒る。

「どうぞ、おじさまもお手助けを」

「むろんだ。なんならわしが、絞り上げてやってもいいぞ。あの薬をお前が飲めと言ってやる」

その時だった。どかどかと無遠慮な足音がしたと思ったら、

「千鶴先生、分かりました」

嬉々とした顔で、浦島と猫八が入って来た。

「はぎ、の件ですね」

「そうです」

得意げな顔で浦島は千鶴の前に座ると言った。

「はぎ、というのは『はぎのや』という出合茶屋のことでした。店の近くに天水桶が置いてありまして、そこで爺さんが座り込んでいたのを見たという者も出て来まして、それで、はぎのやを問い詰めました」

「ところが、これが、なかなか口を割らない女将でして、お客のことは話せないって……」

浦島の話を猫八が続ける。

「それで池之端の番屋にしょっぴきやしてね、これは人殺しにかかわる話だ。協力しないのなら、お前の店など潰すことは訳はねえぜって、ぎゅうぎゅう脅してやったんでさ」

「なかなかやるね、親分も」

酔楽が相槌を入れる。

「へい、ありがとうございやす。でね、締め上げましたら観念して話してくれたんですが、丸子屋の内儀は、たびたびあの宿を利用しているようです。平蔵爺さんが死体となって見つかった前の日も、丸子屋の女将は、あの宿で逢い引きをしていたようです」

「相手は、番頭ではありませんか」

千鶴の問いに、猫八は膝を打って応えた。

「そうです、先生、よくお分かりだ。その通りですよ、番頭の多岐蔵という男です」

するとまた横合いから、浦島が言う。

「丸子屋の内儀のおかねは、丸子屋のおかみにおさまる前は、池之端の『ちどり』という料理茶屋の仲居だったようです。それが丸子屋の主の目にとまり、女

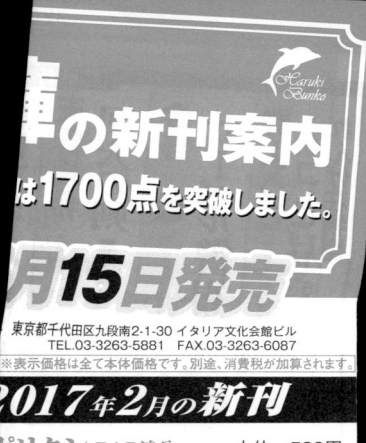

房におさまったようでして、ちどりでは玉《たま》の輿《こし》にのった女だと有名な話でした」

千鶴は頷いた。そして言った。

「浦島様、こちらもお知らせしたいことがあります」

千鶴は、丸子屋久兵衛に処方されていた薬の中に、石見銀山が混入されていたこと、昨日からの一連の出来事について伝えた。

「とんでもねえ話だな。今度の事件は、まるで白子屋《しらこや》お熊《くま》のようじゃねえか」

猫八が声を荒らげた。

白子屋お熊事件というのは、享保《きょうほう》の頃、町奉行は大岡忠相《おおおかただすけ》の時代の話だが、日本橋新材木町《しんざいもくちょう》の材木問屋『白子屋』の跡取り娘、お熊が夫をあの手この手で殺そうとした事件である。

夫は又四郎《またしろう》という者だったが、最初は毒殺しようとして失敗し、次には女中を懐柔《かいじゅう》して刃物で殺そうとして失敗、事件は露見した。

夫を殺したいという動機は、お熊の不義によるものである。

お熊は店の手代とねんごろになっていて、婿である又四郎が邪魔で仕方がなかった。

また、お熊の母親も、これに加担していたのだ。

大岡奉行は、お熊に手を貸した者たちにも死罪や遠島《えんとう》を申し渡し、お熊と、不義の相手の手代には、引き回しの上獄門《ごくもん》を申し渡している。

「それで、浦島様にお願いしたいのですが、これからすぐに丸子屋に出向き、久兵衛さんをここに連れてきていただきたいのです」

「よし、分かった。任せてくれ」

浦島は、歯切れの良い返事をした。いつになく凜々《りり》しい顔つきだ。平蔵が言っていた通り、仕事に邁進《まいしん》していれば、心も体も鬱など吹っ飛ばすということだろう。

千鶴はひとつひとつ念を押していく。

「久兵衛さんの身の安全を確保出来れば、お内儀のおかねと番頭の多岐蔵については、証拠をつきつけ、二の句が継げないようにしなければなりません」

「任してくれ、これだけの証拠が揃っているんだ。しょっぴかない手はない」

「私はこれから医者の道賢を質します。猫八さん、同道をお願いします」

「合点《がってん》だ」

猫八は、腕をまくりあげた。

「よし、ならばわしは、ここで丸子屋の亭主を待って、毒抜きの用意でもしておこう」

酔楽が言う。

「お願い致します」

千鶴は、すっくと立ち上がった。

「道賢先生ですか……いますよ、箱根に湯治になんか、まさかそんなこと……」

女房は鼻で笑うと、

「あの先生が湯治になんかに行く訳ありませんよ。毎日吉原《よしわら》通いですよ。それも町駕籠に乗って、日本橋の旦那衆のようにお大尽気どりでさ」

道賢の住まいがある南伝馬町一丁目の横町にある八百屋《やおや》の女将は、道賢の家を嘲笑《ちょうしょう》する目でちらと見た。

横町だから小さな店が並び、その一軒が道賢の家らしいが、患者の姿は見えない。

「すると、夜には帰ってくるのだな」

猫八が訊く。

「さあ、それはどうだか、何日も流連《いっづ》けるってこともあるようだからさ」

「しかし、患者は困るだろう」

「親分、こんなこと、言っちゃあ悪いけど、この横町の者だって誰ひとり、道賢先生に診てもらおう、なんて人はいないんだから、藪も藪さ、ヤブ蚊《か》の方が、よっぽどましだよ」

女将は大口を開けて笑った。自分でもうまいしゃれを言ったもんだと思ったようだ。

「じゃあ患者は誰も来ないのか」

「患者は来ないけど、妙な浪人とつるんでいるね。よくここにやってきては呑んで帰っていくんだよ」

千鶴の目が、きらりと光る。

「怖い顔してさ、あたしたちは近づかないことにしてるのさ」

「あの、その浪人ですが、ひょっとして腰に鈴を着けていませんか」

千鶴が訊く。

「着けてる、着けてる。顔はやたらごつごつしたぶっさいくな浪人なのにさ、ちりんちりんと腰に鈴着けて、気持ち悪いね」

千鶴は頷いた。少しずつ少しずつ、事件の全体像が見えてくるようだ。

千鶴は、八百屋の女房に一朱金を握らせて言った。

「私たちは横町を出たところの蕎麦屋《そばや》で、道賢さんが帰ってくるのを待ちます。私たちも気をつけていますが、万が一、気付かないことがあるかもしれません。申し訳ございませんが、道賢さんが帰ってきたと分かったら、知らせて下さいませんか」

「こんなにいただいて、いいんですか」

女房は返事をするより、金のことが気になったようだ。

「もちろんです、お願いできますか」

「はい、きっとお知らせします」

女房はそう言うと、早速胸元から巾着を取り出して、一朱金を、ぽとりと入れた。

二人はそれで、いったん横町から大通りに出た。

横町に入る路地が見渡せる蕎麦屋に入った。

「ありがてえ、あっしは今日は、昼抜きだったんでさ」

猫八は、嬉しそうに蕎麦を啜《すす》った。

常に主の浦島を励ましているのか、おちょくっているのか、結構ずばずば憎まれ口を叩いている猫八だが、無心に蕎麦を食べている姿は、どこにでもいる三十過ぎのおじさんだ。

「ああ、ひといきつきやした」

猫八は子供のような顔で言うと、

「それにしても、先生、道賢の野郎め、患者もいねえのに吉原通いだなんて、くせえ野郎でござんすね」

茶を飲んで猫八は言った。

「ええ、お金に不自由しないのは、きっと丸子屋との繋がりでしょうね」

「許せねえ、女を抱くのも、これが最後だって思い知らせてやる」

強い口調で猫八は言った。

なんだかんだ言っていても、やっぱり浦島を手助けしようと、猫八は考えているのだ。

「でも、猫八さんには感心します。一生懸命ですものね」

千鶴は笑みを漏らした。すると、

「千鶴先生、あっしはね、浦島の旦那には恩があるのでございますよ」

神妙な顔で言う。

「恩が……知りませんでした」

「実はあっしの父親も、浦島様のお父上から十手を預かっておりやした」

「まあ……」

千鶴は、初めて聞く話だった。

「浦島様のお父上は、とても腕の良い同心だったのでございますよ……」

猫八の話によれば、当時の浦島家は、ずっと南町の定町廻りを拝命し、浦島亀之助の父親は情けもあり、腕も確かな同心だった。

ある時の事だ。猫八の父親は流行病《はやりやまい》で、あっけなく亡くなってしまったのだ。

あとに残された猫八と猫八の母親は、小さな髪結床《かみゆいどこ》を営んでいたが、今度は母親が過労で倒れて、帰らぬ人となったのだ。

後に残された猫八は、まだ十三歳だった。

どこかに丁稚奉公《でっちぼうこう》する道はあったが、父親の背中を見、誇らしく思って育ってきた猫八は、父親と同じように岡っ引になりたかった。

猫八は、それを浦島の父親に言ったのだ。

すると浦島の父親は、分かった、きっとお前を手下にしてやるから、みっちりと勉強しろと言い、浦島の父親がおすすめの手習い師匠の所に通わせてくれたし、十七歳になると、知り合いの岡っ引の下《した》っ引《びき》に世話してくれたのだ。

「一人前になれたのは、これすべて、浦島の旦那の父上のお陰なんでさ」

猫八は、しみじみと言う。

だが、猫八が正式に岡っ引になってまもなく、浦島の父親は死んだ。

「死に際《ぎわ》に、浦島様のお父上はおっしゃったんです、こんな俺に……亀之助を助けてやってくれと……俺の手を握って……両親《ふたおや》を亡くしていたあっしには、その手のぬくもりが有り難くてよ……いけねえ、涙が出てきやがらあ」

猫八は、柄にもなく、涙を拭った。

「いいお話ね」

「ですからあっしは、浦島の旦那が、どんなにドジ踏んだって支えなきゃいけねえって思ってるんです」

猫八は言った。

その時だった。

「あっ、いたいた」

八百屋の女房が入ってきた。

「帰ってきましたよ、駕籠でね。今なら家にいますよ」

千鶴と猫八は、一瞬にして緊張した顔で見合わせた。

十

「誰だ！」

道賢の家の戸を叩くと、中から警戒する声が聞こえた。

「すみません、丸子屋の者です」

猫八は言い、十手を腰から引き抜いた。

土間に下りる音がして、戸が開いた。

「あっ」

猫八の十手を見て、道賢は息を呑んだ。瓜顔《うりがお》で目の細い、痩せた身体の男だった。

十徳《じっとく》を着て医者らしい形《なり》はしているが、その身体から立ち上る雰囲気には、医師としての誇りや人への愛情など、およそ千鶴がいつも胸に問いながら励んでいるようなものは、かけらも窺えない。

酔って腐ったような臭いが、千鶴たちの鼻をついた。

十手を突き出し、道賢の胸に当てて、ずずずっと猫八は家の奥に押していく。

「な、何をするんだ」

恐怖に顔を引きつらせながら、上がり框《かまち》まで追い詰められた道賢は叫んだ。

「言わずとも分かっているんじゃねえのか。お前さんは丸子屋の旦那に石見銀山を薬だと偽《いつわ》って飲ませていた……違うか？」

猫八は、これまで千鶴が見たこともないような形相《ぎょうそう》で、道賢の首に十手をぐいっと突き当てた。

「し、知りませんよ」

「知らぬ筈はありませんね。久兵衛さんにあなたが渡したお薬、私が昨日全て手元に引き取りました。調べてみましたが、間違いなく石見銀山が入っていましたよ。私も医者ですが、あなたのやったことは許されることではありませんよ！」

千鶴は睨んだ。

「し、知らない、知るもんか」

道賢は家の中に這《は》い上がろうとして背を向けた。

「待ちなさい」

千鶴は、道賢の襟首《えりくび》を摑むと、満身の力を出して土間に引きずり下ろした。

「先生……」

猫八があっけにとられた顔で苦笑いを浮かべたが、すぐに、

「ここで正直に吐けないというのなら仕方がねえ。番屋まで来てもらおうか」

腰に着けてきた縄を引き抜くと、あっという間に道賢を縛り上げた。

「歩け！」

猫八と千鶴は、道賢を連行して横町を出た。

嫌がる道賢の背中を突き飛ばし突き飛ばししながら、千鶴と猫八は本材木町の大通りに出た。

本材木町の三丁目と四丁目の間の河岸地には大番屋がある。そこに連行しようと考えたのだ。

通常罪を犯して番屋に連れてこられた者は、そこで一度調べられて、確かに罪を犯したらしいと分かったら、大番屋に連行する。

大番屋には立派な、たくさんの人を入れることの出来る牢屋もついている。

その牢屋に入れて、与力が出張《でば》ってきて、更に調べを進め、間違いないと分かったら、お奉行所から入牢証文をもらって、そこで初めて小伝馬町の牢屋敷に送るのである。

ところが道賢の場合は、罪は明々白々、優しいことを言っていたら逃亡される

かもしれないのだ。

一気に大番屋に入れてしまおうというのが、猫八の考えだった。

「先生、足下《あしもと》に気をつけて下さいまし」

猫八は、千鶴を気遣った。

月が出ているとはいえ、まだこの頃の月は頼りない。

「大丈夫です、なれてますから」

三人が四丁目の河岸地に入った時だった。

「待って！」

千鶴は猫八の足を止めた。

「どうかしましたか」

猫八が振り返る。

「しっ……」

千鶴は薄闇《うすやみ》に目を凝《こ》らした。

先ほど、鈴の音を聞いた気がしたのだ。

ゆっくりと、辺りを見渡しながら、千鶴は腰に着けてきた小刀に手をやった。

何かあってはと持参してきていたのだ。

ぐるっと辺りを見渡したその時、

「ちりん」

鈴が鳴った。

「猫八さん、縄をはなしちゃ駄目よ！」

千鶴は叫んで、風のように突進してきた黒い塊の剣を撥《は》ねのけた。

「木島《きじま》の旦那！」

道賢が叫ぶ。

「様子が変だと思って引き返してきたんだ。ふん、お前も、こんな女と岡っ引にいいようにされるとは、情けない……」

じりっと迫ってくると、千鶴に刀の切っ先をぴたりと当てた。

千鶴も、構えた。

「先生……」

猫八は、道賢の縄を摑んでいて動けない。せいぜい道賢の頭をこづくのがせいいっぱいだ。

「女、助けを乞わないのか……」

月の光を受けた青白い顔が、にやりと笑う。

「助けを乞うのは、そちらでしょう」

千鶴も言い返し、足を十分に広げて構えたその時、

「かーっ」

木島という浪人が打ち込んで来た。

二合、三合、躱《かわ》して飛び込み、また躱す。

だが、いかんせん、相手は大刀、こちらは小刀、男と女の力の差もある。千鶴は強い一撃を食らって、腰から地に落ちた。

「先生！」

猫八が叫んだその時、びゅんとうなりをあげて、木島の剣が千鶴の頭上に落ちた。

「あっ」

猫八は恐ろしさのあまり目を閉じた。

だが、ぎゃっという声をあげたのは木島の方だった。

猫八は目を開けた。

千鶴を庇《かば》って立っている者がいる。

「求馬の旦那！」

一転して猫八は、驚嘆の声をあげた。

「求馬様……」

千鶴は立ち上がった。

「危ないところだったたな。酔楽先生から、帰りが遅い、見てきてくれないかと言われたのだ。だが、他の道を選んでいたら、大変なことになっていたな」

頼もしい求馬の言葉は、千鶴の心を熱くさせた。

「こちらから行くぞ」

求馬は、対峙《たいじ》している木島に言うが早いか、飛びかかった。

「くそっ」

求馬の剣を一度は跳ね返した木島だったが、次の一撃で、

「ああっ」

木島は手首を斬られ、頬を斬られて、刀を落として膝を突いた。

すかさずその喉元《のどもと》に、求馬は切っ先を当てて言った。

「猫八、その縄に連ねてくれれば良い」

「野郎、立て！」

猫八は、木島と道賢を同じ縄にくくりつけた。

その時だった。

ちりんと鳴って、木島の腰から鈴が落ちた。鈴は薬籠に付いていた。

「これは……」

千鶴は薬籠を拾って驚愕《きょうがく》した。

「これは平蔵さんの薬籠……」

きっと木島を見る。

あの蒔絵の薬籠だった。根付けは金の布袋。それに木島は鈴をつけていた。

「あなたが平蔵さんを殺したんですね」

千鶴は薬籠を突きつけた。

「ふん」

投げやりな冷笑を木島は送り、

「俺は言われるまま殺したまでだ」

「そしてお前は、丸子屋の手代も殺している」

求馬が言った。

「それも言われたからだ。糊口《ここう》をしのぐには仕方あるまい」

「あなたがたは……」

千鶴は、木島を睨み、道賢を睨み据えた。

一発殴ってやりたいと拳《こぶし》を作ったが、

「千鶴殿……」

求馬が刀を納めて千鶴を制した。

この日、桂治療院は慌ただしかった。

丸子屋の久兵衛を治療院で養生させて既に半月、千鶴の手当てで病状も落ち着いて、久兵衛は店に帰ることになったのだ。

朝からお竹とおなみが、身の周りのものやら、駕籠の手配やら、なにかと忙しく、千鶴もお道も病人を診ながら気ぜわしかった。

木島に危うく命を奪われそうになったあの日、丸子屋には捕り方を引き連れて浦島が乗り込んで、久兵衛を無事、桂治療院に送ると同時に、内儀のおかねと番頭の多岐蔵に縄を掛けたのだ。

多岐蔵は、早々に吐いたのだが、おかねはしぶとく口を割らなかった。

そのために、おかねは拷問《ごうもん》に掛けられて、ようやく罪を認めたという。

千鶴たちが推測した通り、佐之助はおかねに利用されたのだった。

附子を手に入れられなかった佐之助は、木島に殺され捨てられたのだ。

そして平蔵は、多岐蔵と逢い引きをするために店を出たおかねの後をつけ、これも木島によって刺し殺されたことが分かった。

木島は高価な薬籠を平蔵の腰から盗《と》っていた。これは逃《のが》れられぬ証拠となり、木島は言い訳も許されなかったようだ。

浪人とはいうものの、木島は無宿者だった。世に捨てられたあぶれ者で、殺しも厭《いと》わなかったのだろうと、これは浦島の言葉であった。

そして、藪医者の道賢は、医者というより騙《かた》り者と言ってもよい。

この男も無宿者であり、おかねが池之端で仲居をやっていた時からの知り合いで、おかねの命令で、江戸で唯一石見銀山の販売を許可されている、日本橋馬喰《ばくろ》町《ちょう》の『吉田屋《よしだや》』から手に入れていたようだ。

おかね、多岐蔵、木島は引き回しの上獄門、道賢は死罪となった。

丸子屋の店は、いずれ久兵衛の遠縁の者を養子にするつもりらしいが、千鶴とお道の予想では、おなみが女房になるのではないかと思っている。

そうなれば、久兵衛の子が生まれるかもしれないのだ。

一方の浦島と猫八は、大手柄を立てた訳だが、まだ定中役のままらしい。

「千鶴先生、お世話になりました。どれほどお礼を申し上げても尽きませんが、また改めて参ります」

すっかり血色の良くなった久兵衛が、おなみに支えられるようにして診察室に入ってきた。

「無理をなさらないように、おなみさんの言うことを聞いて養生してください」

「ありがとうございます。もう少し元気になったら、佐之助と平左衛門さんに線香をあげに参りたいと思います」

久兵衛は言った。

佐之助は丸子屋の手代。そして平左衛門は昔縁のあった商人仲間だ。

二人がおかねのために命をとられたのだと聞いた時、久兵衛は声をあげて泣いた。泣きながら二人に謝っていた。

「私が、おかねのような人間を女房にしなかったら、こんなことはおこらなかった……」

久兵衛は何度もそう言っていた。

「お気を付けて……」

千鶴たちが久兵衛を門のところまで送り出したその時、

「丸子屋の旦那さんでしょうか」

まだ十六、七の娘がやって来た。娘は手甲脚絆《てっこうきゃはん》の旅姿だ。

「そうだが、どなたですかな」

久兵衛は、じっと見た。覚えがないようだった。

「佐之助の妹で、おちよといいます」

「佐之助の……」

久兵衛は、丸顔の、優しそうな娘を見詰め、哀しみで顔をゆがめる。

「お店の方から兄のこと、知らせて頂きました。おっかさんは長旅は無理ですので、私が兄のお墓に参りたいと思いまして……」

「気の毒なことじゃった。丸子屋で逗留《とうりゅう》して、心ゆくまでお参りをされると良い」

久兵衛は、おちよの手を取った。

「ありがとうございます。旦那様が兄の供養にと、たくさんのお金を用意して下さっていると、お店の方たちが教えて下さいました。お礼を申します。それに、諏訪町の女将さんが、兄の遺髪を残して下さっているようですので、これから頂きに参るところです」

まだあどけなさが残るおちよは言う。

「そうかそうか、それなら、遺髪を受け取ったら、改めて丸子屋で供養をしようじゃないか。待っているよ」

久兵衛は、そう言うと駕籠に乗った。

「そういうことなら私が一緒に参りましょう、おちよさんは江戸に出て来たばかり、迷子になってもいけませんから」

お竹は前垂《まえだ》れを外すと、おちよの案内役を買って出た。

お竹とおちよを見送って、千鶴とお道が門の中に入ろうと踵《きびす》を返したその時、

「あの、今日は診ていただけないでしょうか」

六十過ぎの婆さんが、よたよたとやって来た。

「今日の診察は終わったんですが……」

千鶴はそう言ってから、あっとなった。

なんとその婆さんは、二月の初めに浅草寺で、お道が往診の薬箱を当てて怒られた、あの婆さんだったのだ。

ところが婆さんは気付いていないらしく、

「近頃、身体に力が入らなくて、哀しくて哀しくて……」

婆さんは泣き出したのだ。

千鶴は、お道と顔を見合わせてから言った。

「何か辛いことが、あったんですね」

「はい、実はあたしには若い男がね、あたしを慕って五日に一度ぐらい、お茶を飲みに立ち寄ってくれていたんですよ。ところがもう半月以上やってきてくれない」

千鶴は溜息をついて、

「何かのっぴきならない用事があるんじゃないですか」

「そう思いたいです。確かに年は離れていましたが、あの子はあたしを慕っていたし、あたしもね……お茶を飲みながらいろいろ話しているうちに、手が触ることだってあったのよ……それがそれが」

「お婆さん、でもそのような病は、うちでは治せませんよ」

お道は、あきれ顔で言う。

「そうですよね、でも何か、気持ちを明るくするようなお薬がないものかと思って……」

「罪な人ですね、その人……」

千鶴の相槌に、老婆は待っていたように言った。

「その人はね、呉服を商う佐之助さんという人だったんですよ。孫のような年齢でしたが、あたしは、あたしには……」

佐之助と聞いてぎょっとする千鶴とお道に、老婆は胸のうちをよどみなく明かす。

困惑しながらも千鶴は胃の腑の薬を渡してやった。

すると婆さんは、ようやく納得したのか帰って行った。

「ふう……」

二人は溜息をついた。

同時に、それほどまでにしてお客を広げようとしていた佐之助に哀れを感じた。

ただ、あんな可愛らしい妹に迎えにきてもらって、それがたったひとつの救いかもしれない。

千鶴はそう思った。

一刻後、千鶴はお道と連れだって回向院に向かった。

事件が解決し、一段落したことを平蔵に伝えてやりたかったのだ。

回向院の境内に入ると、無縁仏の石塔に手を合わせ、それから甘酒屋を探した。

甘酒を平蔵に供えてやろうと思ったのだ。

だが、なかなか見つからなかった。ようやく見つけたのは、時の鐘の下だった。

「あそこ……」

お道が手を伸ばしたその時、今年最後の名残の雪か、ちらちらと降ってきた。

「雪が……」

お道が呟き、二人は天を仰いだ。

雪は、とめどなく降ってくるようだった。

「甘酒、三つ下さいな」

二人は湯飲み茶碗に入った甘酒を持って、時の鐘への階段を上った。

平蔵と佐之助に初めて会ったのは、この場所だ。

それを思い出して、この場所に甘酒屋が移動していたのも、平蔵が誘ったのかもしれないと、二人は甘酒を時の鐘のところで飲むことに決めたのだった。

甘酒を持って階段を上り詰めると、そこには平蔵が座っていたと思われる腰掛け石が一つあった。

千鶴はその石の上に、持参してきた金の布袋の根付けがついた蒔絵の薬籠を、甘酒の入った湯飲み茶碗と並べて置いた。

薬籠と甘酒……なんとなくそこに平蔵が座って甘酒に目を細めているように見える。

「平蔵さん、一緒に飲みましょうね。佐之助さんじゃなくってもいいでしょ」

千鶴は言い、石の側に寄り添って、お道と甘酒を口にした。

熱い甘酒が喉から胃の腑に落ちていく。するとそれに呼応したかのように、胸の内から熱いものがこみ上げてきた。

二人はそれを飲み込んで、下の通りを眺めた。

雪が散る中を、足早に帰って行く人や、それを楽しむように奥に向かって歩いて行く人もいる。

「ここから眺めていると、ほんとに、いろんな人が、この世にはいるのねって分かりますね」

お道が、しみじみと言った。

千鶴は黙って頷いた。

店をとられ、ここにやって来た平蔵は、毎日ここに腰を下ろして、人の往来を眺めながら、何を考えていたんだろうと千鶴は思った。

——人の一生とは……。

その文字を頭に浮かべただけで、何故か今日は切ない。

二人は黙って甘酒を飲んだ。すると先ほど飲み込んだと思っていたものが双眸《そうぼう》からあふれ出た。

降り注ぐ雪が二人の肩に落ちて白くなってきても、二人はなかなか立ち上がれなかった。

その時だった。

坂の下の甘酒屋の屋台にやって来て、甘酒を求める三人の男たちが見えた。

三人は甘酒の湯飲み茶碗を手に階段を上ってくる。求馬と浦島と猫八の三人だった。

二人は顔を見合わせて思わず立ち上がった。

「賑やかな方がいいだろう」

求馬が手を上げた。

「平蔵さん、よかったわね」

千鶴は、石の上の薬籠に囁いた。

第二話　一本松

一

「いたたた、先生、お手柔《てやわ》らかに願います」

おすては、身をよじって訴えた。

「動かないで！」

千鶴は一喝《いっかつ》した。

小伝馬町牢屋敷の女囚の治療を牢屋同心有田万之助《ありたまんのすけ》から今朝頼まれた千鶴は、治療院の診察を終えると急いで牢屋敷に入った。

女囚の一人が足首を怪我《けが》していて、それが悪化して膿《う》んでいるというのであった。

牢屋敷には通常、本道《ほんどう》の医者二人が交代で詰めている。

また、外科も隔日で牢屋を見回っているのだが、西の牢にある女牢の治療については、千鶴が受け持っているのである。

ただ千鶴の場合は、呼び出しが来た時だけ牢屋敷に出向くことになっている。

この日、千鶴が牢同心の控え室に入ると有田万之助が待ち受けていて、すぐに牢屋敷に案内した。

「おすて、先生が来て下さったぞ。出ろ！」

有田は女牢の鞘《さや》の外の框台《かまちだい》、別名縁台《えんだい》前に下男《しもおとこ》の重蔵《しげぞう》に筵《むしろ》を敷くよう命じると、牢の扉を開け、おすてを鞘の外に出し、筵の上で化膿《かのう》しているという足を出させたのだ。

ところが傷跡はかなり重症になっていて、千鶴はいま、麻酔《ますい》なしで化膿している部分を切除し、縫合《ほうごう》するつもりなのだ。

そこで千鶴は、牢内の力持ちの女を二人、鞘の外に出させ、おすての右足と左足を押さえつけさせて治療を始めた。

だが、おすては痛がって身もだえし、治療どころではない。

「おすて、先生に診《み》てほしいとお前が懇願《こんがん》したのじゃないか。先生の手を焼かせるな」

有田が叱りつけた。

「そうだよ、おすてさん、しっかりおしよ。あんた、人を殺して入ってきたっていうのにだらしないね」

右の足を押さえつけている女が言った。すると今度は左の足を押さえつけている女が、ひゃっひゃっひゃっと笑って、

「好いた男に抱かれている夢でも見るんだな、そうすりゃ痛みもなんのそのだろ」

からかい半分に励ました。

「男ともみ合った時に怪我したらしいんです」

横から有田が千鶴に言う。

千鶴は、黙々と手早く膿《うみ》を切り捨て、針で傷口を縫っていく。

「ちくしょう、痛いよー。なんでこんなことになったんだよ。あたしの人生はどういうことになってんだよー。先生、あたしはね、何も殺したくて殺したんじゃないんだ。あの人のためになら、なんだって、この命だって差し出したっていいって思っていたんだ」

おすては叫ぶ。

「黙れ、おすて！」

有田が一喝したが、

「言わせておくれよ、どうせあたしは、まもなく死罪か遠島か、言い渡されるんだ、せめて千鶴先生には知っておいてほしいんだ。先生あたしはね、生まれた時からいらない子供だったんだ。だから両親《ふたおや》は、あたしにおすてなんて名を付けたのさ。あたしはそれを知った時、悔しかった。親にも見放されているのかとね。でも、あの人と知り合って、あたしを愛《いと》おしく思ってくれていると知った時、あたしはようやく、一人の人間として認めてもらったんだと思ったのさ。嬉しかった……そしてあたしはあの人に抱かれて初めて女になったんだ。惚《ほ》れて惚れて、どうしようもなく惚れていたのに、あいつは、あたしの金をぜーんぶ使い切っちまうと、あたしと別れると言ったんだよ！」

おすては叫び続けていたが、傷口を縫い合わせた千鶴が、強い焼酎《しょうちゅう》を傷口にぶっかけると、

「うっ」

気絶してしまった。

「まったく、世話の焼ける女だ」

有田は舌打ちすると、

「おい、中に運べ」

女囚と下男の重蔵に命令した。

「熱が出るかもしれません。飲み薬と、化膿止めの軟膏《なんこう》を作っておきますので、よろしく……」

千鶴は、牢の中に運ばれるおすてを見ながら有田に言った。

千鶴が施《ほどこ》す軟膏は、紫雲膏《しうんこう》というもので、華岡青洲《はなおかせいしゅう》が考案したものだ。これには解毒《げどく》、抗菌、抗炎作用があり、肉芽《にくが》形成を促《うなが》す効力もあった。

するとそこに、

「やあ、久しぶりですな、千鶴先生」

牢の鍵役同心、蜂谷吉之進《はちやきちのしん》がやって来た。

同心の中では鍵役同心が格は上で、牢屋の鍵はこの蜂谷吉之進が管理しているという訳だ。

「先生、申し訳ないのですが、もう一人、遠島部屋の者を診ていただけませんか」

すまなそうに蜂谷は言った。

「遠島部屋ですか、担当の先生がいらっしゃるのではありませんか」

千鶴は聞き返した。

遠島部屋というのは東牢にある。

小伝馬町牢屋の間取りは、当番所と呼ばれる牢同心の詰め所を挟んで、東牢と西牢に分かれている。

例えば、西の牢屋は、当番所から『西口揚《あが》り屋《や》』『西奥揚り屋』『西大牢』『西二《に》間牢《けんろう》』と続く。

今千鶴がいるのは西口揚り屋で、女牢として使用されている。

一方の東の牢屋も当番所から同様に牢部屋が続き、当番所からすぐの『東口揚り屋』は遠島部屋に当てられていたが、女囚の数が多いときには、女牢としても使用されていた。

ちなみに、この東と西の牢とは別に、別棟で『百姓牢』と旗本や御目見得《おめみえ》以上の武士や身分の高い神官僧侶を入れる『揚り座敷』という牢屋もある。

そもそも千鶴は、女牢以外の治療は引き受けていない。

二の足を踏んだ千鶴に、

「今日は外科の先生は休みなんです。それに、先ほどまでいた本道の玄庵《げんあん》先生も風邪をひいて熱が出て来たなどとおっしゃって、早々に帰ってしまわれまして……何、千鶴先生に診て欲しいのは年寄りです。今日になって急に死にそうだとかなんとか泣き言を並べ出しまして、その者は老い先短いのはむろんですが、遠島でこの江戸の空気を吸えるのも長いことじゃない。俺も自分の親のことを考えれば、放っておくことも出来かねて……」

などと普段の蜂谷らしからぬ情け心を口走る。

「分かりました。診てみましょう」

千鶴は女牢を有田に任せて、蜂谷と一緒に遠島部屋に向かった。

「申し訳ございやせん。お手数をおかけします」

東の牢の遠島部屋から鞘の外に出て来た老人は、青黒い顔で頭を下げた。

「どこがどのように、具合が悪いのですか」

千鶴は尋ねながら、まず脈を診る。

「へい、心の臓がどきどきして苦しいのと、腹の調子が悪くて、血が出ていやして、へい」

「血が……いつからですか」

「二、三日前からです。腹に痛みもございやすので……」

「分かりました。着物、はだけて下さい」

千鶴は、東の牢の下男に命じた。

「へい」

下男はすぐに老人を横にして着物をぐいとはだけた。

骨の浮き出た身体《からだ》が、外鞘の光を受けて現れた。

「！……」

肉がそげ落ちているとはいえ、老人にしては骨格がしっかりしているなと、千鶴は思った。

「痛いところがあったら、言って下さい」

丁寧に千鶴は腹を探った。すると、微《かす》かに手に触るものがある。

「うっ」

老人は顔を顰《しか》めた。

食事は……便通は……などと細かく老人の顔を観察しながら尋ねたのち、

「もうよろしいですよ」

起き上がって着物を合わせるように告げた。

だが千鶴は考え込む。どう診断を告げるべきか迷った。

「先生……あっしの命は、遠島まで持ちやすか」

老人は千鶴の顔色を窺った。

「余計なことを聞くんじゃない」

蜂谷が注意した。同時に、ちらと遠島部屋にいる二人の男の様子を見遣る。

二人は先ほどから、射るような目で、老人と千鶴たちのやりとりを注視しているのだった。

遠島に囚人を送る船は、春と秋に一度ずつ航行する。

その船は、島々と本土を結ぶ通い船で、商い船だ。

海の風向き、季節の風、潮の流れ、海の荒れ具合など気候や季候を推《お》し計り、絶好の頃合いを見て、島々に立ち寄りながら、島々の特産品を江戸に運んでくる。

この時、島々の人や、御赦免《ごしゃめん》になった人、交代の役人なども乗せてくる。

そして今度は、江戸で酒や日用品や、あれやこれやと諸色《しょしき》を積み込み、島に渡航する人や、遠島を申し渡された者を運んで行くのだ。

だから遠島を命じられた者は、この二回の船に乗せられる日まで牢屋で待機することになっている。

「すみません。あっしは覚悟はしておりやす。ただ、ひとつ、心残りがございやすので……」

千鶴の顔を、掬《すく》うような目で見る。

「養生すれば良くなると思います。お薬はあとで貰《もら》って下さい。ですが、これ以上具合が悪くなるようでしたら、玄庵先生にも見ていただいて下さいね」

千鶴は診察の箱を持って立ち上がった。

「そうですかい、養生すれば治りますか……少しは希望が持てるということですな。こんな親切な先生に診ていただいて……先生、お手数をおかけいたしやした」

老人は礼を述べた。だがその声音には、もう自分の命を諦《あきら》めているような平静さが感じられた。

「自分では分かっているんですね、きっと。そんなに長くはないということを……」

千鶴は当番所に戻ると、蜂谷に言った。

「えっ、すると、あの爺さん、相当悪いのですか」

蜂谷は驚いて言い、

「おい、先生に金盥《かなだらい》を早く持て。湯を入れてな、洗い立ての手ぬぐいも忘れるでないぞ、早くしろ」

下男に急がせると、

「先生、すみません。あんな爺さんの汚い身体に触っていただいて、病状を聞いていただくだけでよかったんですよ。玄庵先生などは大概《たいがい》鞘の外から話を聞いただけで薬を出しておりますから」

「私にはそのようなことは出来ません。漢方医はそういう方も多いですが、シーボルト先生から、必ず患者の身体に触って診るよう教わりました。そうでなければ正確な診断は出来ないとおっしゃって……」

「もったいないことだ」

「それに、これは私の経験から言えることですが……」

千鶴はそう前置きすると、幼い頃に風邪を引いて寝込んだ時に、母が額《ひたい》に手をたびたび当てて熱をみてくれた時の安堵感《あんどかん》、それに父の東湖が脈を診、身体の熱も掌で確かめて、更に腹の具合を手で触って診てくれた時の心丈夫だったことなど話し、これすべて人肌の手のなす診察であり治療でもあるのだと蜂谷に説明した。

「確かに、おっしゃる通りですな。いやいや、先生に診ていただいた者は幸せです」

「蜂谷様、これは相談なのですが、本道の先生のご意向もお聞きしていただいて、あのお爺さんを溜《ため》送りにするように取りはからっていただけないでしょうか」

「しかし遠島者ですからね、溜に決まれば、島に送れなくなるに違いない」

「待って下さい。あのお爺さんは次の船まで元気でいられるかどうか分からないんですよ。私には腹のしこりが気になります」

「ふーむ」

　蜂谷は腕を組んだ。

「仮に島に行くことが出来ても、そう長くはないでしょう。一見したところ、凶悪な罪を犯したようには見えません。あんな年寄りを送るのは死罪と変わりないのではありませんか」

「盗賊の片割れなんですよ。見張り役だったらしいんです」

「盗賊の……」

「先生も耳にしていると思いますが、この冬に江戸の大店《おおだな》を荒らした『やもりの儀三《ぎぞう》』一味《いちみ》のこと」

「聞いています。入られたお店の者は皆殺しだと……」

この冬、瓦版《かわらばん》を賑わせた盗賊だったが、千鶴は一味が捕まったとは知らなかった。

「捕まえたのは南ですか……」

南町奉行所なら、浦島亀之助や猫八が、大騒ぎをする筈だがと訊《き》いてみると、

「板倉《いたくら》様です。火付盗賊改《ひつけとうぞくあらため》ですよ」

蜂谷は言い、

「あの爺さんも馬鹿なことをしたもんです。見張りは初めてだったようですからね。それで捕まって遠島です……最も、仲間は皆もうこの世にはおりません。既に死罪となっていますから……」

「あんな年寄りが盗賊の見張りですか……」

千鶴は呟《つぶや》く。

暮らしに難儀《なんぎ》して悪の道に入ったのか……あのように老いぼれてしまっていても、悪に手を染めなくてはならない事情があったとは、千鶴は暗い気持ちになった。

「家族はいないのですね」

せめて老後の面倒を見てくれる家族でもいれば、そんなことに手を染めなくてもよかったんじゃないかと千鶴は思って訊いてみた。

するると蜂谷は、

「あの爺さん、伝兵衛《でんべえ》っていうんですが、娘がいるらしいんですよ。娘と二人で小さなめしやをやっていたというんですが……すると食うに困って盗賊の手先になった訳でもなさそうですし、近頃の老人は何を考えているか分かりませんね」

あきれ顔で言った。

二

「お帰りなさいませ」

玄関に入ると奥からお道が飛んで出て来、往診の薬箱を千鶴の手から取り上げ

て、

「お帰りを皆さん、首を長くして待っていたんですよ」

と弾んだ声で言う。

かすかに茶の間の方から男の声がする。

「どなた……」

「求馬様と五郎政さんです」

「まあ、求馬様が……」

「はい、求馬様は母上様のお薬を取りにいらっしゃいました。そこに丁度五郎政さんがやってきたのです。五郎政さんは根岸の畑の畦《あぜ》で、たーくさん蕗《ふき》の薹《とう》を摘んだんですって。それで酔楽先生がこちらに届けるようにと寄越《よこ》されて、今お竹さんが天ぷらを揚げているところ」

こういう時のお道は屈託のない顔で喜ぶのだ。

「道理で、良い匂いがしていると思いました」

「先生、早く着替えて……」

お道はそう言うと診察室に入った。

千鶴は自分の部屋に入って袴を脱ぎ、台所で手を洗うと、皆が待っている茶の間に入った。

「帰ってきたな」

求馬が盃をひょいと上げて笑顔で迎えた。

もう結構呑んでいるのか、頬に少し赤味が差している。

「若先生、お帰りなさい！」

五郎政も大口を開けて言った。こちらはもう相当出来上がっているようだ。

「千鶴先生、座って座って……」

お竹がいそいそと、揚げたばかりの天ぷらの皿を持って来て、千鶴の膳の上に載せた。

「まあ、美味《おい》しそう」

千鶴が箸《はし》を取ると、

「蕗の薹のおひたしもありますよ。お味噌《みそ》であえてます。時季が時季ですから、少し大きくなりすぎて花が咲いていましたけど、美味しいですよ」

お竹は忙しそうに台所に戻って行った。

「それはそうと、おじさまにはお変わりなく……」

千鶴が訊くと、

「それが、またどこかに気に入った女が出来たらしくて」

五郎政の言葉に、千鶴はあきれ顔で溜息《ためいき》をつく。

「あっしもね、いい年寄りが、いい加減にした方がよかありやせんか。千鶴先生に笑われますぜ、そう言いましたら、親分はなんと言ったと思います」

五郎政はみんなを見渡すと、背筋を伸ばし、酔楽の真似をしてこう言った。

「馬鹿もの、お前はわしの弟子のくせに、なんにも分かっとらんな。わしは上様が精をつけられる妙薬を、日々研究しておる。それをまずわしが飲む。どれだけわが身が回春するのか確かめる。だから、女の顔を見たくなるのじゃ」

「そんなことをおっしゃっているんですか」

「へい、確かに親分は、海狗腎《かいくじん》とか、人参《にんじん》とか、淫羊霍《いんようかく》とかですよ、まぜてまぜて作ってますよ。あんなもの飲んだら元気になります。ですが、あっしには飲ませてくれないんですから、お前は毒になるだけだって……」

「まあ、なさりたいようになさればよろしいのじゃありませんか」

お竹が、突き放したように言った。

するとそこへ、

「先生、この文《ふみ》、気付いていましたか」

お道が、結び文を持って入って来た。

「往診の薬箱に入っていたんです。今日は先生、小伝馬町にいらしたんですよね」

千鶴は、受け取って文を開いた。

「！……」

求馬も横から取って読む。

「囚人からなのか」

「ええ」

千鶴は、今日診た遠島部屋の老人の話をして、もう一度文を取って文面に目を落とす。

文の頭には、娘のお吉《きち》に伝えて欲しいと、まず千鶴に頼み、続く本文には、こう書いてあった。

お吉よ、父は遠島となったが、まだ生きている。

盗賊の片棒を担いだなどということは、お前には信じられないことだったに違いない。許してくれ。

辛い思いをさせてすまぬが、けっしてお前を悲しませるために、わしはあんなことをしたんじゃない。それだけは分かってほしい。

お前には言えない事情があったのだ。その事情を話せば、もっとお前は悲しむに違いない。いや、こんな親に失望するに違いない。だからわしは、この胸にしまって死んでいくつもりだ。

店はお前に任せる。沽券《こけん》は水屋簞笥《みずやだんす》の下に敷いてある。店を続けてもよし、畳んでもよし。お前の好きなようにしてくれていい。

お前に伝えたかったのは、お前と暮らした日々は本当に幸せだった。

ひとことお前に礼を言いたくてな。

お吉、ありがとう。

伝兵衛より

遠島部屋の老人の文は、そう締めくくられていた。

文字は使い古しの茶色い紙に墨で書かれていた。おそらく下男に袖の下を握らせて、紙も墨も手に入れてのことだろう。

ただ驚いたのは、一介のめしやの老人が書いたとは思えない、力強い立派な文字だったことだ。

「これ、めしやの親父の文字ですか……驚いたな、こりゃあ」

五郎政が感心しきりだ。

「このめしやの所は分かっているのか」

求馬が訊く。

「ええ、深川《ふかがわ》です。鍵役の蜂谷様の話では、弥勒寺《みろくじ》の近く、北森下町《きたもりしたちょう》でお店をやっているということでした」

「ふむ、遠島になって、しかも重い病《やまい》もある。それでこうして千鶴殿を頼って薬箱の中に文を忍ばせたのだろうが、厄介《やっかい》だな。明るみに出れば千鶴殿が困ることになるやもしれぬ」

求馬は心配の様子だ。

「私もうっかりしておりました。少しも気がつかなかったのです」

千鶴は言った。

あの診察の最中に、しかも鍵役の蜂谷も側にいて、どうやって伝兵衛が文を入れたのか、考えても分からない。

あんな重い病状でも伝兵衛は、これまで診察を希望してはいなかった。相当辛い筈なのに我慢していたのだ。

どうあがいても遠島は免《まぬが》れぬ。島に流されれば生き抜くことは不可能だ。自分の身体の不具合を知っていて、治療など諦めていた人だ。

それが、あの日急に身体の不調を訴えて医者を呼んでほしいと申し出たのは、文を外に運ばせるという目的のためだったのではないか。

「でも、こうして頼まれては、放っておくことも出来ません」

千鶴は、手にある文を見詰めた。

「千鶴殿、どうするかはそなた次第だが、あんまり患者一人一人に深入りしない方がいいのではないか。俺は、千鶴殿のことが案じられる」

求馬の言葉に五郎政とお竹が、ちらっと目を合わせて同意するように頷《うなず》いている。

「ご心配かけてすみません。でも私は、一人一人に寄り添うことこそ、医者のつとめだと思っておりますので」

千鶴は言って、文を胸元に押し込んだ。

「あれじゃないか」

求馬は、弥勒寺橋の上から、西の方を指した。

直《す》ぐ近くの堀沿いに、『めしや』と書いた障子戸《しょうじど》が見える。

「そうですね、行ってみましょう」

千鶴は頷いた。

牢内の患者の私事に深入りしすぎではないかと案じた求馬は、丁度非番ということもあって、千鶴が伝兵衛の娘に会いに行くというのに同道してきたのだ。

二人は弥勒寺橋の南に降りると、めしやの戸を開けた。

「いらっしゃいませ」

若い女の声がして、直ぐに板場から前垂《まえだ》れで手を拭きながら、二十歳《はたち》過ぎの女が出て来た。

八ツ（午後二時）過ぎのせいなのか、客は一人もいなかった。

「何にいたしましょうか」

小首を傾《かし》げて訊《き》く仕草は、あの伝兵衛の娘とは思えぬ愛らしさがある。

「いや、今日は飯を食べに来たのではないのだ」

求馬は言って、千鶴にあとの言葉を譲った。

「お吉さんですね」

千鶴は、まず本人かどうか確かめる。

「はい、そうですが……」

お吉は怪訝《けげん》な顔で見た。

「私は小伝馬町に出向いている医者の桂千鶴といいます」

「小伝馬町の牢に……」

お吉は驚いたようだった。

「はい、一昨日《おととい》も行ってきたのですが、その時、伝兵衛さんを診察しましてね」

「おとっつぁんを……おとっつぁんは何処《どこ》が悪いのでしょうか。ずっと私、気になっていたんです」

お吉は、千鶴の袖を摑《つか》まんばかりにして訊く。

「伝兵衛さんの具合は、はっきり言いますね。相当悪いです。長く元気でいられるとは思えない状態でした」

「ああ……」

お吉は、よろりとよろけて、框に腰を置いた。

この店は、畳二畳分の板の間に、客は座って飯を食べるようになっている。

またそれとは別に、窓際に一尺強の幅の棚がしつらえてあり、その前には樽《たる》が置いてある。こちらは、樽に腰を下ろして酒やめしを楽しめるようになっている。

満席になっても十人程度の小さな店だが、お吉が今腰を下ろしたのは、板の間に上がる框のことだ。

「おとっつぁんの身体の具合が悪いのは、薄々知っていました。ですから何度もお医者に行くように勧めたんです。でも、おとっつぁんは言うことをきかなくて」

千鶴は頷き、

「自分では分かっているようでしたよ。今の医学の力では、なかなか治すのは難しいってことを」

「千鶴先生、そんなに具合の良くない者でも、お上は遠島にするというのでしょうか」

お吉は恨めしい目で千鶴を見た。

「おそらく……伝兵衛さんも潔《いさぎよ》く覚悟はしているようでしたよ。ただ、ひとつだけ心残りがあると言っておりました。この文は、私の知らぬ間に、伝兵衛さんが薬箱に入れていたのですが」

千鶴は、伝兵衛の文をお吉の前に置き、

「お吉さんへの手紙です」

「おとっつぁんが……」

お吉は、震える手で文を取り上げた。そして、一字一字確かめるように読んだ。

涙が双眸《そうぼう》からあふれ出る。お吉は、声を出して泣いた。

千鶴も求馬も、しばらくお吉を見守った。

お吉は涙を拭うと、

「私とおとっつぁん、本当の親子ではないんです」

静かに言った。涙を流して鼻声になっている。

千鶴は頷いた。

「五年前に、この深川は大火事で、家も人も焼けてしまいました。私も焼け出されて、すぐそこの弥勒寺に避難しました……」

お吉は話し始めた。

当時お吉は、北森下町の長屋で暮らしていた。

家族は仕立て物をしていた母親と、それに妹が一人いて、三人で暮らしていた。

母親の話だと、父親はお吉と妹が幼い頃にふっと家を出たきりで、もう生きてはいないんじゃないかということだった。

博打《ばくち》と喧嘩《けんか》が好きな男で家のことは顧《かえり》みない。お吉の記憶に実父の記憶は恐ろしいほど希薄《きはく》で、顔も思い出せないようになっていた。

肩を寄せ合うようにして暮らしていた母娘だったが、大火事で母と妹をお吉は失い、一人弥勒寺に避難したのだった。

伝兵衛はこの時、炊《た》き出しの陣頭指揮を取っていた。お救い物として運ばれてきた米や芋《いも》を煮炊きして、被災者に配る役目を担《にな》っていた。

弥勒寺や伝兵衛の店などは類焼を免れたのだった。

生きる力を失っていたお吉だったが、他の被災者と声を掛け合い、伝兵衛の手助けをしているうちに、伝兵衛から店で働かないかと誘いを受けた。

お吉は二つ返事で伝兵衛の店で働くことにしたのであった。

そして一年が経ち二年が経ち、伝兵衛とお吉は、まるで本当の親子のようになっていくのを感じていた。

そんなある日のこと、伝兵衛はお吉に、

「ひとつ大事な話がある。そこに座ってくれないか」

最後の客を送り出したお吉に、真顔で伝兵衛は呼びかけた。

——何があったのか……。

お吉は、神妙な顔で伝兵衛の前に座った。

「他でもねえ、お吉《き》っちゃんはあっしが天涯孤独の身だってことは知っているな」

「知っているわよ。私も同じ、天涯孤独の身になっちゃったんだもの。でも、伝兵衛おじさんのおかげで、私、身寄りがないってこと忘れて暮らしています」

お吉は、屈託のない笑みを漏らした。

「そいつはありがてえ……ありがてえよ、お吉っちゃん。あっしは若い頃に放蕩《ほうとう》していたのがたたって女房を貰ったこともねえし、だから子供もいねえ。それでも途中で、これではいけねえって気がついたんだ。それで身を粉《こ》にして働いたおかげで、小さいが自分の店を持つことができた」

「ええ、立派だと思います」

「ありがとよ。だがな、この店を継ぐ者はいねえんだ。そう思うと寂しくなっちまってな。そこで相談だが、お吉っちゃん、あっしの娘になっちゃあもらえねえか……お吉っちゃんの親父で駄目《だめ》ならじいさまでもいいんだ、この年だからな。家族になってもらいてえんだ」

「伝兵衛さん……」

「お吉っちゃんがここで働くようになって、あっしは初めて、娘を持つ父親の幸せが分かったような気がしたんだ」

「ありがとうございます」

お吉は嬉しかった。目を潤《うる》ませて頷くと、

「私も、伝兵衛さんがおとっつぁんだったらいいなって思っていました」

「そうかい、そうかい、それじゃあこれから、おとっつぁんと呼んでくれるんだな、お吉っちゃん」

その時の伝兵衛の喜びようを、お吉は忘れたことはない。

お吉はその日から、伝兵衛の養女になったのだった。

話し終えると、お吉はしみじみと千鶴と求馬に言った。

「おとっつぁんの娘になったからこそ、私は今こうして暮らしていけるんです。だからおとっつぁんには孝行しなくちゃ罰《ばち》が当たる。そう思っていた矢先に突然、火付盗賊改に捕まったって知らせが来たんです。聞けば盗賊の見張りをしていたっていうんですが……」

「そなたは何故、親父さんが盗賊の手伝いをしたのか、その理由は知らぬのか？」

求馬が訊く。

「はい……」

お吉は力なく頷いた。

千鶴は、店の中を見渡して言った。

「食べるのに困っていた訳ではないのでしょう？」

「はい」

お吉は頷き、

「少しずつ蓄《たくわ》えも出来ていました。お金が貯まったら、おとっつぁんをお伊勢参《いせまい》りに行かせてあげたい、そう思っていたのに……」

お吉は、哀しそうに言った。

三

桂治療院の庭に雨が降っている。雨は柔らかい音をたてている。

庭の片隅には桜の木が植わっていて、蕾《つぼみ》が今にも弾けそうに桃色の顔を出していて、その向こうに広がる薬園にも雨が降り注ぎ、タンポポやゼンマイ、よもぎなど春の薬草が青い葉を見せている。

「一雨ごとに春を感じますね、先生」

お竹が、お茶と餅菓子《もちがし》を運んで来た。

「ええ、不思議よね。春になると一斉に植物が息を吹き返したようにみずみずしい葉を茂らせるんですもの」

千鶴は、診療記録を書いていた手を止めて、庭を眺めた。

春の力強い芽吹きに、病を持っている人たちは、どれほどの元気を貰うだろうかと、これは毎年春を迎えるたびに思うことだ。

――そういえば、小伝馬町の牢屋の外鞘から見える庭にも、根を張って春を待っていた雑草が青い葉を茂らせているに違いない。

牢屋から見る春の庭を、あの伝兵衛はどんな面持《おもも》ちで見ているのだろうか、と千鶴は思った。

伝兵衛の診察をしてから五日は経つが、その後、まだ溜に行けるようになったという報告は聞いていないから、あの遠島部屋で流人船《るにんせん》を待っているに違いないのだ。

「先生、この雨ですから、酔楽先生の所に行くのは、日を改めますね」

お竹は、立ち上がり際に言う。

お竹は酔楽から、着物の繕《つくろ》いを頼まれていたのだった。

簡単な繕いなら五郎政がやっているのだが、釣りに出かけてどこかに引っかけたらしく、盛大に破れてしまった袴だというので、先日五郎政が持ってきたものだ。

「足下《あしもと》が悪いですから、濡れると風邪をひいてしまいます。おじさまも着た切り雀《すずめ》という訳ではありませんから、お天気の良い日にして下さい」

千鶴は言い、

「お道っちゃん」

調薬室で薬研《やげん》を使っているお道を呼んだ。

「ありがたや、ありがたや。今日は餅菓子、いただきます」

お道が餅菓子を手に取り、口をあんぐりと開けたところに、

「ごめんなさいまし」

清治《せいじ》が、雨に濡れた肩を手ぬぐいで拭きながら入って来た。

「あら、清治さん、お久しぶりです。今日は何かしら……板倉の殿様のお薬？」

お道が、もぐもぐもぐと口を動かしながら訊く。

「へい、今日は奥方様の方です」

清治は言って座った。

お竹は、大急ぎで湯飲みにお茶を入れ、餅菓子も一つ添えて持って来た。

「ありがてえ」

清治は、ぱくりと餅菓子を食べる。

この清治という男、生まれは江州守山《ごうしゅうもりやま》で盗人《ぬすっと》だった者だ。

いっときはこの治療院に住まいして、治療代の払えない気の毒な人のためとか言い、盗みを働き、気の毒なその人の家に金を投げ入れていた男である。

ところがそれがバレて、板倉率いる火付盗賊改に捕まったが、板倉の温情で、その後は探索方《たんさくがた》の御用聞きのような役目をしている。

時々桂治療院に、板倉の殿様や奥方の薬を取りにやってくるのだ。

「どうですか、もうずいぶんになりますから、お役目も慣れたのでしょうね」

千鶴が訊いた。

「へい、あっしは使い走《ぱし》りではございますが、殿様にも奥方様にも心やすく声を掛けていただいておりやす」

「ほんとにね、清治さんがこの治療院をねぐらにして盗みを働いていたと聞いた時には、腰が抜けましたけど」

お竹は、ちくりと言って立ち上がり、台所に引き上げて行った。

お道は、くすくす笑う。

午前中の診察が終わったからといって、お竹もゆっくりしてなどいられないのだ。

これから夜の食事の準備が待っている。

「清治さん、ひとつ気になることがあるんですが……」

千鶴は、飲んでいた茶碗を置いた。

「一月半ほど前だと思いますが、板倉様は盗賊のやもりの儀三一味を捕縛《ほばく》したのだと聞きましたが……」

「へい、大捕物でした。本所《ほんじょ》の紙問屋『高砂屋《たかさごや》』に入ろうとした一味を総勢八名、捕まえました。もう町奉行様のお裁きは終わって、見張り役の一名を残して、皆引き回しの上死罪となってます」

「高砂屋さんと言えば、様々な紙を扱っていると聞いていますが……」

「へい、その通りです。土佐紙《とさがみ》、美濃紙《みのがみ》などの上質の紙ばかりでなく、この江戸の近郊で漉《す》く紙も比較的安価で扱っていて、上流の者から、そこらへんの町人まで人気がある。蔵には金がうなっていると言われている問屋ですから」

「そういう店なら戸締まりもきちっとしているんじゃありませんか」

「引き込みがいたらしいですよ」

「引き込みが……」

千鶴は驚いた目で見た。

引き込みとは、盗みを成功させるために、少なくとも一年以上店に奉公人として入り、押し込みの時には錠を外して仲間を引き入れる者のことだ。

「では、その者も捕まえたんですね」

「いや、逃げている。手代として入っていた島次郎《しまじろう》という男なんですが、引き入れようとしたやもり一味が、店の裏庭に侵入する前に火盗改の捕り方に囲まれたのを見て、それで姿を消したんだろうと言われているんですが」

「言われているって、どういうことなの？」

お道が、餅菓子の粉がついた手を拭きながら訊く。

「捕物があった晩から姿を消していますからね、島次郎は……だから今探しているんです」

「そう……実は私は、この間、小伝馬町で見張り役だったという人の診察をしたんですが」

「伝兵衛という爺さんだな」

話しているうちに、清治は自分がまるで捕物に加わった一人でもあるように得意げに言う。

「見張りは初めてだったようですね。娘さんがやっていためしやに、求馬様と立ち寄ったんですが、お金に困った様子はありませんでした。幸せな暮らしを送っていたようなのに、そんな人が、何故に悪の手助けをしたのか、いまだに分かりません」

「確かに……殿様や与力のみなさん方も、同じようなことを言っておりやした」

「でもやっぱり火付盗賊改の皆さんはすごいわね。そんなに周到な計略を見破ってお縄にするんですもの」

お道は感心する。

「いや、それですが、このたびは、たれ込みがあったようです」

「たれ込みが……」

千鶴は聞き返す。

「へい。火付盗賊改の屋敷に投げ文があったとかで」

「投げ文が……」

千鶴が聞き返したその時だった。

「なんだなんだ、清治も来てたのか」

猫八と亀之助がやって来た。

「あら、お二人さん、おそろいで……お竹さん、浦島様と猫八さんに、お茶をお願いします！」

お道は大声を上げると、さてっと呟き、薬研の前に座った。

「いや、他でもないんですがね」

猫八は、じっと見ている清治を気にするように視線を投げた後、千鶴に言った。

「旦那のことなんです」

「何かしら、まさかまだ気がふさいでいるのですか」

千鶴は笑って浦島の顔を覗きこんだ。

「いや、おかげさまで、もう気がふさぐことはなくなりました。ただ、このたびも定町廻りにお役目替えの声は掛かりませんでした」

がくっと落胆してみせる。だがその仕草は、以前のような暗いものではなかった。浦島なりの諧謔《かいぎゃく》を弄《ろう》したというか、自分で自身を笑い飛ばす余裕が見られた。

「一度ぐらいの手柄で定町廻りになれるなんて甘い考えはいけねえ……あっしもね、そう旦那に話しているところでさ」

猫八が言う。

「私もそう思います。そんなに物事はうまくいく筈がありません。それに、定中役でもいいではありませんか。よくは知りませんが、私が話を聞いたかぎりでは、定町廻りは大変なお役目らしいですからね。小さなことを気にする浦島様は、定町廻りには向いていないと思います」

千鶴が慰める。

「やっぱりね、あっしも千鶴先生と同じですね」

猫八が相槌《あいづち》を打つ。

「やっぱりだな」

ふいに清治が言って笑った。

「やい清治、調子に乗るんじゃねえぞ。お前なんて十手も貰ってない下働きだ」

「よく言うよ。町方がどうあがいてもお縄に出来なかった、やもりの儀三一味、誰がお縄にしたんだ……うちの殿様じゃねえか」

清治は胸を張る。

「ふん、こっちだって、先だってはたいへんな悪女と番頭を捕まえたんだぞ、聞いてないのか」

猫八も胸を張る。

「まあまあ、そこまで！」

千鶴は手を刀にして二つに斬る真似《まね》をしてみせると、

「本当に二人の仲の悪さには、疲れます。喧嘩するのなら帰って下さい」

二人を叱った。

二人は黙って、それでもなお、睨《にら》み合っている。

「先生、実はまた、大変な事件の探索を仰せつかったんです。その者は人殺しの野郎で、宿場宿場で事を起こして江戸に向かって来ているというんでさ」

と猫八は話し始めてすぐに言葉を切ると、ちらっと清治に視線を投げて、

「おっと、板倉様の下男か下っ引か知らねえが、耳をそばだててらあ。手柄を取らないでくれよ」

牽制《けんせい》するように言った。

「ちぇ、人聞きの悪いことを言うもんだ。町方が手柄を立てられねえのは、探索が甘いからじゃねえのか。それに言っておくが、あっしはいつまでも今のままでいるつもりはねえんだ。しっかり働いて、殿様に気に入られて、ちゃんとした差《さし》口《ぐち》(密偵)になるんだ。まっ、そうしているうちに、後々は中間若党《ちゆうげんわかとう》に出世できるかもしれねえ」

清治がやり返す。

「馬鹿じゃねえか、おめえはよ。世の中そんなに甘いものか。この俺だって旦那と一緒に、ほんと、相当頑張ってるぜ、さっきも言ったように、先月には大手柄も立てたんだ。だがそれで認めてもらえるかといったら、良くやった、それだけ

だ。ガキのような話をするんじゃねえや」

「猫八さん、いいじゃないですか、泥棒だった清治さんが、今は火付盗賊改で頑張っている」

千鶴が猫八をたしなめると、

「先生、その、泥棒だったっていうのは、もう止めてくれませんか」

清治が頬を膨《ふく》らませた。

ふんっと猫八は鼻を鳴らすと、話を続けた。

「先の野郎の話ですけどね、東海道の江尻《えじり》の宿で人を殺《あや》め、宿場宿場で捕り方の手をくぐり抜けながら御府内に向かっている男ですが、定中役も捕縛を手伝えというご命令なんでさ」

「いったい何故に江尻で人殺しをしたんですか」

お道が薬研を使いながら訊く。

「そこまではまだ、はっきりとは分かっていないのだが……」

浦島は言い、今のところ分かっているのは、その男は才次郎《さいじろう》という名のようで、江尻の宿で女主《おんなあるじ》を殺し、逃げようとしたところを宿場の捕り方に囲まれて、更に一人捕り方を撲殺《ぼくさつ》して宿場を逃走したのだという。

「御府内に入れば厄介なことになる。それで定中役にも声がかかったという訳でして……」

猫八は、くるっと十手を回して、すとんと腰に差し込んだ。

「やる気満々ですね」

お道が笑顔で言った。

すると、清治が苦笑した。

「なんだよ、何がおかしいんだ……」

猫八がキッと目をつり上げる。

「いや、ひとつ気になったのは、その者は何故この江戸に、そんな危険を冒してまでやって来るのか、目的は何なのか、分かっているんですか」

清治は鋭い質問をする。

猫八は思いがけない清治の質問に驚いたようだったが、

「そんなことまで、すぐに分かるわけがねえだろ。これから調べるんだよ、当たり前じゃねえか。今分かっているのはな、江尻の宿の者が言ったという、言葉は江戸者だったということだけだ」

「江戸者……」

清治は少し考え込むと、

「親分、その者は才次郎と言ったな」

猫八に聞き返した。

「そうだが、何だ……」

「俺が知っている巾着切り《きんちゃくき》に一人、才次郎って男がいたんだ。昔のことだけどな」

「馬鹿、そんな小者《こもの》の訳がねえだろ」

清治は猫八に一蹴されて、小首を傾《かし》げて黙りこんだ。

猫八はそれを見て笑って立ち上がると言った。

「まっ、どんな奴なのか知らねえけどよ、とっ捕まえたら教えてやらあ」

四

「桂千鶴殿ですな」

求馬の母を往診した帰りに、千鶴は薬研堀で初老の医者に声を掛けられた。

千鶴は、この界隈《かいわい》で行われている植木や野草の市に立ち寄ったのだ。

求馬の母の病状は、もうすっかり良くなっていて、投薬した千鶴はほっとしたものだが、そんな時は心が弾んで、市など覗いてみたくなるものだ。

お道は別の所に往診に行っていて、千鶴は一人だった。

近づいて来た老医師を見て、千鶴ははっとした。

「玄庵先生」

玄庵は小伝馬町の本道の牢医師だ。

――そう言えば……。

玄庵の屋敷は米沢町だと聞いているから、この近くだ、と気付いて白髪頭を見迎えた。

「どうだろう、すぐそこの水茶屋で一服……」

玄庵は千鶴の顔を窺った。

千鶴は微笑《ほほえ》んで頷くと、玄庵と両国橋広小路にある水茶屋に入った。

「桂治療院は大変な数の患者が押し寄せていると聞いている。手間を取らせてすまんな」

玄庵は言った。

「いえ、大丈夫です。ご心配なく」

千鶴は応える。

なにしろ玄庵とこうして話すのは初めてのことだ。難しい人なのかと思っていたが、意外に好々爺《こうこうや》に見える。

「他でもない、遠島部屋にいる伝兵衛のことだ。この間、わしが牢屋敷を退出したあとで、診察してくれたようですな」

玄庵はお茶を一口含むと言った。

「すみません。先生のいらっしゃらない時に、どうしてもと言われまして」

「何、礼を言うのは、こちらの方だ。どうも歳を取ると風邪を引いても治りが遅い。おまけに咳《せき》がひどくてな」

ごほんごほんと咳をする。

「大丈夫ですか」

案じて聞く千鶴に、手を上げて大事ないと振ってから、

「伝兵衛は、溜に送られることになったよ」

と玄庵は言った。

「溜に……そうですか、玄庵先生がお力添え下さったんですね」

「何、蜂谷さんから千鶴殿の伝言を聞いたのでな。わしも診立ては同じだったたか

ら、大げさに言ってやったんだ。一月《ひとつき》も持つまいとね」

千鶴は頷くと、

「それで何時《いつ》……」

玄庵の横顔に訊いた。

「それは分かりませんな。近々そうなるだろうと思っている。ただ、溜の囚人はどんな医者に診てもらっているのかは分からぬ。小伝馬町の牢屋と同じように、町医者が命じられて入っていると聞く。果たしてその者が伝兵衛の病状を診ることが出来るのかどうか、心許《こころもと》ない気はするが、小伝馬町に居れば必ず島送りになるのだから、溜なら、その恐れからは逃れられる」

「ええ……伝兵衛さんにとっても、娘さんにとっても、溜に送られることは、きっとほっとして喜んでいると思います。ところで玄庵先生、先生は、あの伝兵衛さんという人、どのような昔を持った人かご存じですか」

千鶴は、伝兵衛の身体を診た時の印象を伝えた。

伝兵衛の身体から受けた印象から、ただの百姓町人ではない、例えば武術の鍛錬に励んだことのある人のような気がしていた。

「うむ」

玄庵はひとつ間を置いてから、

「伝兵衛は何も言わなかったが、同牢の男がわしにこんなことを言っておった。先生、伝兵衛って奴は、めしやの親父だそうだが、本当かね。奴には隙《すき》がねえんだ。何も言わないでも、鋭い剣先を突きつけてくるような威圧感を持っていやがるんだってね」

千鶴は頷いた。そして牢内で薬箱に知らぬ間に忍ばせてあった文の字が、あまりにもうまかったことを告げげた。

「ふむ、奴はただ者ではないな」

玄庵は呟くように言ったのちに、

「まあ、そういうことでな。ひとこと千鶴殿に知らせておかねばと思っていたところ、植木を買いに立ち寄ったら偶然会えたということだ」

はっはっはっ、と玄庵は今度は陽気に笑った。

「ところで先生の診療所は、このお近くですよね」

千鶴も笑顔で尋ねると、

「そうです。是非立ち寄っていただきたいところじゃが、恥ずかしいことに嫁がうるさい」

「ご子息さまのお内儀のこと？」

「さよう。わしは女房を亡くして十年近くになる。今は倅《せがれ》に後を継がせて、診療所は倅がやっているのだが、親のわしが側にいると、つい頼ってくるでな。これでは良くないと思ったのだ。それで牢医師を引き受けた訳じゃ」

玄庵は苦笑する。そして付け加えた。

「それに、倅の嫁にしてみれば、わしがうろうろしていれば、お茶のひとつも出さねばならず、何かとうっとうしく思うらしく機嫌が悪い。それなら牢屋に通うほうがまだいいとな……」

「私の治療院は女ばかりでやっております。お時間がございます時には、是非お立ち寄り下さいませ」

千鶴は言い、にこりと笑った。

三日後の未明、小伝馬町牢屋敷の裏門の扉が開いた。

白い霧の中、人足《にんそく》五人によって畚《もっこ》が運び出される。

畚の中には後ろ手に縛られた伝兵衛が乗せられている。

「行くぞ」

束ね役なのか年嵩《としかさ》の人足が合図をすると、畚を担いだ一行は、北に道をとった。

重病の囚人を入れる溜は、御府内には二ヵ所ある。ひとつは浅草の新吉原裏千束村《せんぞくむら》にある九百余坪の敷地内にある溜と、もう一つは品川寺《ほんせんじ》の北の方、池上道《いけがみみち》の畑の中に、五百二十三坪を有する土地に造られている。

北に道を取ったということは、浅草の溜に送るつもりのようだ。

畚を担いだ一行は、ゆっくりと歩を進める。

いや、ゆっくりというより、まるで芋か何かを運んでいるかのように乱暴で、病人を運んでいるという緊張感や心配りなどはまるでない。

同心も付いている訳ではなく、皆身分の低い仲間同士だ。うだうだなにやら話しながらすすんでいく。

いや、それどころか、束ね役と思われる年嵩の男が、手に握っている竹の根の鞭《むち》で、時折畚の中の囚人をいたぶるかのように、バシッと畚の上から叩いて脅している。

だが、畚の中の伝兵衛は、そんな嫌がらせも気にせぬ様子で、きっと前を見据えていて、その目は異様に光っている。

身体こそ弱っているものの気概だけは残っている、そんな不屈の目の輝きである。

病持ちの囚人を運んでいる者たちにすれば、咎人《とがにん》である身を忘れたかのようないまいましい態度に映るのかもしれない。

一行は浅草御門を通過し、御蔵前通《おくらまえどお》りを抜け、駒形町《こまがたちょう》の船着き場で朝の太陽が辺り一面降り注ぐようになると、それを待っていたように畚を船着き場の冷たい石ころの上に放り出し、腰にくくりつけてきた朝飯の握り飯や、竹筒に入れてきた酒をお茶代わりにして休憩に入った。

伝兵衛は、畚の中でしばらくしてから、ようやく起き上がった。後ろ手に縛られているため、起き上がるのも至難である。

だが畚担ぎの連中は、畚の中で悪戦苦闘している伝兵衛をちらと眺めて苦笑して楽しんでいる。

勝手にやっておれ……そんな感じで病の囚人などほったらかしだ。

次第に酔いが回って大声を出し、下卑《げび》た笑いに興じ始めたその時だった。

突然物陰から一人の男が走り出てきて、畚の方に走り寄った。

男は町人だった。木綿《もめん》の縞《しま》の着物を着ていて、一見店者《たなもの》のようだが、畚に走り寄ったその形相《ぎょうそう》は、悪党面《づら》だった。

「おい、爺さん、お前さんはやもりのお頭から、金の隠し場所を聞いてるだろ」

男は懐《ふところ》から匕首《あいくち》を出し、伝兵衛の胸に突きつけた。

「知らねえな」

伝兵衛は驚いた風もなく首を振った。

「そんなことがあるものか。お前の店にお頭は何度も顔を出していたんじゃないのかい」

「儀三はそんな話で来ていたんじゃねえ」

「言え、言わねば娘がどうなるか分かっているのか」

「貴様、島次郎だな！」

伝兵衛は睨み付けると、五人の人足たちに向かって大声を上げた。

「助けてくれ！」

酒盛りをやっていた畚担ぎたちが一斉に畚の方に向いた。

「てめえ！」

島次郎と呼ばれた男は、匕首を伝兵衛の肩口に突き立てると、立ち上がった。

「おめえは誰だ、やっちまえ！」

畚担ぎたちは島次郎を取り囲んだ。

いくら溜送りの囚人を粗末にしていても、逃がしたり死なれたりすれば、畚担ぎだってお咎めを受ける。

畚担ぎたちは、いっせいに持参の棒で島次郎に立ち向かうが、あっという間に一人、二人と傷を負う。

島次郎は三人目の腕を突くと、畚担ぎたちの囲みから逃げようと飛び出した。

「待て！」

畚担ぎたちはよろめきながら追いかける。

「へん、捕まってたまるか」

鼻でせせら笑って逃げようとした島次郎が、次の瞬間、二間ほどぶっ飛ばされた。

釣《つ》り竿《ざお》を肩にした求馬と五郎政だった。

二人は朝釣りに出かけて、その帰りであった。

「何、しやがるんだい」

島次郎が起き上がろうとしたところを、

「やい、逃がさねえぞ！」

五郎政が押さえつけた。

求馬は、畚に近づいて、肩口を押さえて前のめりになっている伝兵衛を見た。

「いかん、この者は溜に運ばれるところのようだが、この傷では早く医者に運ばなくては大変なことになる。もしものことがあったら、お前たちもただではすまんぞ。酒盛りをやっていたんだからな」

「へ、へい」

畚運びたちは縮み上がって大慌てで畚を担ぎ上げる。

「待て……」

求馬は、この河岸から船に乗せて大川を下って桂治療院に担ぎ込むという方法もあるかと考えたが、やはり溜に走った方が早いと思ったその時、

「伝兵衛、走るぞ」

畚担ぎの一人が伝兵衛に呼びかけた。

「待て、その者は伝兵衛と言ったな」

「へい、なんでも盗賊の片割れだとか言っていたぜ」

「なに……」

求馬は、畚の老人に近づいて訊く。

「もしや、お吉の親父さんか」

伝兵衛は、苦しそうな顔で頷いた。

「溜には外科の医者はいるのか」

今度は畚担ぎに求馬は尋ねた。

「さあ、本道はいる筈だが」

「よし、溜まで駆けて行け！」

求馬は畚運びに厳しく命ずると、五郎政に告げた。

「五郎政、その男は俺が番屋に連れて行く。すまぬがお前はひとっ走りして千鶴殿に知らせてくれ」

五

五郎政からの報《しら》せを受けて千鶴が溜に早駕籠《はやかご》で向かったのは、まもなくのことだった。

門を入ると目の前に番所が見えた。その番所で、

「私は小伝馬町の牢医の桂千鶴です。刺し傷を負った伝兵衛という囚人が入った

と思うのですが……」

さも小伝馬町からやって来たような口ぶりで言った。

「ちょっと待ってくれ」

番所の男は、すぐに溜に来ていた医者を連れて来た。

ここの病人も町医者が交代で診ているのだ。

「桂さんと言えば、藍染橋の治療院の……」

中年のさえない青白い顔をした医者は、細い目を向けて千鶴に訊いた。

「そうです、桂千鶴と申します。小伝馬町では女牢を診ていますが、伝兵衛さんはたまたま私が診ていたものですから」

これも少し嘘がある。千鶴が診たのは一度だけ、ずっと診てきたのは玄庵だった。

「あなたのことは聞いていました。女の若い凄腕の医者がいると。どうぞ中に、いや、正直助かりました。血止めはしたものの、困っておりました。縫合する道具はいっさい持っておりませんからな。ああ、私は今戸《いまど》で開業している佐藤《さとう》といいます」

佐藤医師の案内で、番所から柵《さく》の内門を入ると目の前にどんと大きな平屋の建物が見えた。

右の端《はし》から左の端まで格子《こうし》になっていて、格子の向こうには土間が見える。

囚人が暮らす病室は、おそらくその土間の向こうにしつらえてあるのだろう。

そういった土間と格子の造作は小伝馬町の牢屋と似たように造られているのだと思った。

「どうぞ」

佐藤の案内で格子の入り口を千鶴は潜《くぐ》った。

案の定、格子の中は土間が貫き、建物の部屋は三つに分かれていて、それぞれに入り口が二つあった。

「奥の部屋が『奥の溜』といいまして、少し身分のある者を入れます。そして真ん中が『大溜』、ここは小伝馬町の牢屋の大牢というところでしょうか、そして目の前の部屋が『口の溜』です。それぞれの部屋に出入り口が二つずつついていますが、一つは病死した者を運び出すところです」

素早く説明しながら、佐藤は大溜に千鶴を案内した。

こちらの中は、板敷きになっていて、壁に沿ってぐるりと各部屋が作られている。

部屋は病状や罪の深さ、また小伝馬町で言えば牢名主の者の部屋とか、いくつにも分かれていて、いずれの部屋にも病人の休む所には畳を敷いてあるのだと佐藤は言った。

「ここには水屋《みずや》があって竈《かまど》もあり、煮炊きは昼夜を問わず出来ます。湯やお茶もいつでも飲めますし、煙草《たばこ》などもやれます。風呂にも毎日入れるのです。ただ、重病人ばかりですからね……」

佐藤は説明しながら千鶴を『重病の賊』と紙の貼られた部屋の中に誘い入れた。

「伝兵衛さん……」

千鶴が声を掛けると、伝兵衛は薄い布団の上に横たえていた身体を僅《わず》かに動かし、頭だけ上げて千鶴を見た。

顔は青白い。相当出血しているなと千鶴は思った。

「傷を診せてもらいますね」

すっかり弱ってしまった伝兵衛に声を掛けるのと同時に、佐藤が伝兵衛の傷口を見せた。

「!……」

切り傷は深いと見た。傷の辺りに変化が見られる。このまま放っておけば、肉は塞《ふさ》がるどころか、腐ってくるのではないかと思った。

「縫合します」

千鶴は、きっぱりと言った。

「手伝います。私も勉強になる」

佐藤は緊張した顔で言った。

千鶴は、溜の囚人たちを世話している者たちに、熱湯を沸《わ》かすよう命じると、佐藤の助けを借りながら、伝兵衛の傷口を縫合した。

縫い終わると、傷口を消毒し、紫雲膏を塗って終了した。

伝兵衛は気を失ったのか、眠ったままだ。

その顔を佐藤はちらと見て、

「いや、大変勉強になりました。ところで最後に塗った薬は、なんという物でしょうか」

千鶴より佐藤はずっと年上だが、縫合を目の当たりにして感動したようで、丁寧な訊き方をした。

「これは華岡青洲先生が考案されたお薬で、紫雲膏というものです。こうして傷口を手当てした時に使っています。解毒、抗菌、抗炎性に優れています。肉芽形成を促してくれますので、傷の治りは格段に早いです」

傷口に包帯を当てながら千鶴は伝える。

佐藤は、まじまじと軟膏の色や匂いを確かめて、

「近いうちに調合の仕方を教えて下さいませんか」

感じ入った真剣な顔で訊いてきた。

「どうぞ、いらして下さい」

千鶴は言い、伝兵衛の顔を覗《のぞ》き、薬箱から気付け薬の入った小さな瓶《びん》を取り出すと、伝兵衛の鼻の前を何度も往復させるように振った。

「!……」

伝兵衛は気がついた。

「伝兵衛さん」

千鶴が呼びかけると、伝兵衛はほっとした顔で千鶴を見上げた。

だが直ぐに、手を伸ばしてきた。千鶴はその手を取って両手で包み、

「大丈夫……」

慰めの言葉を掛けて、耳元に口を寄せ、

「薬箱に入れていた文は、娘さんに渡しましたからね」

そう伝えると、伝兵衛は、

「ありがてえ」

にじみ出るような声で礼を述べた。

「お吉さんは、随分《ずいぶん》心配していましたよ。もう少しお金を貯めたら、おとっつぁんにお伊勢参りに行ってもらおうと思っていたのにって言っていました」

「お吉が……お吉……」

伝兵衛の顔が急に歪《ゆが》み、その双眸には涙が膨れ上がっているのが分かった。だが伝兵衛はその涙をのみこむと、

「先生、こうして話が出来る間に、先生には話しておきたいことがある。聞いてもらっちゃあくれませんか」

嗄《しやが》れた声を絞り出し、千鶴を見詰めた。

千鶴は頷いた。正直、この老体で、しかもこの病状では、いつまで持つか分からないと思っている。

刃物傷を負わなくても重病だったのに、心の臓は助かったとはいえ肩口を深く刺されたことは、大いなる打撃であった。死期を早めているのは間違いなかっ

た。

「分かりました。疲れないように、ゆっくりとお話し下さい」

千鶴は、微笑んで言った。

「まず、あっしを刺した奴だが、あれは島次郎という賊の引き込みを受け持っていた男だ」

伝兵衛は、そう切り出した。

本所の紙問屋の大店、高砂屋に島次郎は奉公して二年目だった。

店の中のことも全て調べ上げての押し込みを、やもりの儀三は計画して島次郎を送り込んでいたのである。

そして伝兵衛は、島次郎が調べたことを儀三に伝える役目で、高砂屋にいる島次郎に二度会いに行き、その都度儀三に報告していた。

「何時《いつ》入ればいいか、蔵のどこに金を置いてあるのか、家族や奉公人の数、間取りはむろんのこと、島次郎は綿密に調べ上げていたのでさ。だが、押し込みは失敗した。皆捕まったが、頭が残した金はどこにあるのか、あやつは、それをあっしに聞いてきたんでございやすよ」

伝兵衛は、痛みで時折顔を歪めながら、順を追っていきさつを語った。

「伝兵衛さん、私にはどうしても分からないことがあります」

千鶴が言った。

はて……という目で伝兵衛は千鶴を見た。

「伝兵衛さん、私はお吉さんに会って、伝兵衛さんとお吉さんが何故親子になったのか知りました。身寄りのない二人が家族になって、力を合わせて暮らしていたのだと……お店も順調でお金に困ることもなかったと思われるのに、何故に盗賊に手を貸すようなことをしたんですか。まさか昔の仲間に誘われて、などということではありませんよね」

千鶴は、つい厳しい口調になってしまった。お吉に話を聞いた時から、何故幸せな暮らしをぶち壊すようなことをしたのかと不可解だったからだ。

今度伝兵衛に会ったら、これだけは訊いておきたい、そう思っていたのである。

「……」

伝兵衛は、一瞬驚いた目で千鶴を見たが、すぐに視線をそらして逡巡《しゅんじゅん》していた。

「伝兵衛さん、あなたの掌《てのひら》には硬い胼胝《たこ》が出来ていますね。その胼胝は、私が知る限りでは、激しい剣の稽古をした人たちの手に出来るものです」

「……」

「それと、伝兵衛さんの文字……よほど修練した人でないと書けない立派な文字でした」

「……」

「めしやの親父さんが、そうそう書ける文字ではありません」

「……」

伝兵衛は口を結んで何事にも答えようとはしなかった。千鶴は溜息をついて言った。

「どうしても話したくないというのであれば、これ以上お聞きすることは止《よ》しますが、でも、お吉さんの身になって考えてみて下さい。父親が、何故に盗賊の片棒を担いでいたのか、父親の過去に何があったのか、お吉さんは一生、その謎を問いながら生きていかなければなりません。お吉さんの実の父親は、お吉さんが幼い頃に、何も告げずにふっといなくなったそうではありませんか。ところがこのたびもまた、お吉さんが何の事情も知らないところで、伝兵衛さんが捕まって、ふっと店からいなくなったんです。お吉さんは二度、父親に裏切られた思いでしょうね」

「千鶴先生……」

伝兵衛は顔を上げた。何か訴えたいような目をしているが、口は噤《つぐ》んだままだった。

千鶴はその目を見詰めて言葉を継いだ。

「伝兵衛さん、お吉さんは今度こそ、父親とずっと暮らせると思っていたのではないでしょうか。ところがまた父親が突然何も告げずにいなくなるなんて、考えてみれば、心の柱がすっと抜けていったも同然です。お吉さんがどんなにやるせない思いで暮らしているか考えたことがありますか、伝兵衛さん……」

伝兵衛は俯《うつむ》いた。

「楽しかった父親との思い出の中で、今度のことは、きっと暗い影を落としたでしょうね……本当に娘と思ってくれていたのか……何故私に本当のことを話してくれなかったのかと……」

「……」

伝兵衛は身じろぎもしない。

「そこへ私が伝兵衛さんの文を運びました。お吉さんは、あの文を読んで泣きました。大声を上げて泣いたんです」

「！……」

「伝兵衛さんは謎を投げかけたまま、島に流されて行くつもりですか」

「酷《ひど》い親だな、千鶴先生の話を聞くと……だが、あっしは、そんなつもりではなかった」

伝兵衛は、まっすぐ千鶴の顔を見た。

「千鶴先生の疑問に答えましょう。実はあっしは、武家に生まれた者です。当時は、鹿島十兵衛《かしまじゆうべえ》と名乗っておりました」

千鶴は頷いた。

「ただ、江戸に流れてきた敵持《かたきも》ちでした」

「敵持ち……」

伝兵衛は頷くと、友人とある女子《おなご》を競って刀を抜く羽目《はめ》になったのだと言った。

鹿島十兵衛は家禄三十石の下級武士の次男坊だった。友人は嫡男《ちやくなん》で家督を継いだばかり。しかも家禄は百五十石、藩では上士の家柄だった。

その友人が、十兵衛の心にあった女子を妻にするという話を聞き、十兵衛は苦しんでいた。自分が家督を継げない次男だということも十兵衛を卑屈《ひくつ》にし、やがてそれは友人への嫉妬《しっと》となって胸に怒りを膨らませていた。

そんな折、十兵衛は友人に呼び出された。そして、

「以後、あの女《ひと》には近づかないでくれよな」

苦笑して言ったのだ。

友人は嘲笑《ちょうしょう》したつもりはなかったかもしれないが、言われた十兵衛の方は、下士で次男坊だということを小馬鹿にされたと受け取った。

「その言葉、許せぬぞ」

十兵衛は刀を抜いてしまった。

友人も抜いた。

一人の女に対する思いの丈《たけ》の決着を、二人は刀を交えることで付けようとしたのである。

二人は決闘した。結果は十兵衛が勝った訳だが、刀を抜いて喧嘩をすることは禁じられていた。藩の掟《おきて》を破った十兵衛は、それだけで罪を問われる身となったのだ。

しかも相手を斬り殺している。藩を追われるのはむろんのこと、同時に友人の弟から追われる身にもなったのだ。

十兵衛は江戸に逃げて来た。風の便りに江戸にある上屋敷《かみやしき》も十兵衛捕縛の命を下したと知り、名も伝兵衛と改めて町人になったのだ。

人の波の中に身を隠した。そして、その日の糧《かて》にも事欠く極貧の暮らしを続けながら、刺客《しかく》を恐れて、めしやを出すまでは、毎日剣の腕も磨いていた。

一年が経ち、十年が経ち、更に月日が経って、伝兵衛が五十の声を聞いた時、風の便りで友人の弟は既にこの世を去って、その倅が家を継いでいるのだと知った。

しかも藩主は、随分前に敵討ち禁止令を出し、友人の家は仇《あだ》を討たずとも、そのまま家督を継げることになったという。

一人逃げ回っていた伝兵衛だけが何も知らなかった訳だが、

――これで、ひとまずまともな暮らしが出来る……。

そう思ってほっとしたのだった。

追われる身では、一所に落ち着いて商いをするどころではない。だが、その恐怖が無くなれば落ち着いて暮らし向きのことも考えられる。

それから伝兵衛は身を粉にして働いて金を蓄え、弥勒寺橋近くに店を手に入れたのだ。

ところが半年前のことだ。友人の屋敷で中間《ちゅうげん》だった儀三が店にひょっこり現れた。

伝兵衛も仰天したが、儀三も驚いたようだった。

そして翌日には、儀三は伝兵衛を脅すようになっていた。

「おめえさんの娘に、昔のことを話してやろうか……人殺しだったんだってな。敵討ちは禁止になっているようだが、おめえさんの罪が晴れてる訳ではねえ。今でもおいそれと藩邸に報せれば、おめえさんは縄をかけられる人間だってな」

儀三は、店で立ち働くお吉を横目に伝兵衛に言った。

それだけは止めてくれ、娘にだけは何も知らせないでくれと頼む伝兵衛の弱みにつけ込み、儀三は伝兵衛に二つの用事を言いつけた。

「ひとつは、高砂屋の島次郎という手代と連絡を取る役をやること、二つ目は、押し込み当日、要所に立って見張りの役をやること……」

「断れなかった……そういうことですか」

「あっしのことだけなら断った。だがお吉は、まもなく所帯を持つことになっている」

「知りませんでした、お相手はどんな人ですか……」

「大火の時に焼け出され、何もかも失って、それで上方に行ってひと稼ぎしてくると出かけて行った男です。ただ、五年経ったら必ず戻るとお吉に言っていたらしい。名を才次郎というんだが気《き》っ風《ぷ》のいい男でね」

「才次郎さん……」

どこかで聞いた名前だと、千鶴は頭の中でその名前を何度も回らせた。

──そうか、猫八さんが言っていた人も……。

と思い出したが、まさか同一人物だとは思えなかった。

「先生、その約束した五年というのが、この三月の末……ですからあっしはそれまでに儀三との決着をつけて、店には関わりのないようにしておきたかったんです。我が身を捨てても……」

「伝兵衛さん、もしや伝兵衛さんは火付盗賊改のお屋敷に投げ文を入れて密告した……」

千鶴の問いかけに、伝兵衛は、きっぱりと頷いた。

あっと千鶴は息を呑んだ。しばらく伝兵衛を見詰めたまま千鶴は言葉を探して

いたが、やがて、

「疲れたでしょう、伝兵衛さん」

千鶴は言った。伝兵衛の話は重たすぎて身体に触ったんじゃないかと案じていた。だが伝兵衛は、安堵の顔に薄い笑みを浮かべて言った。

「いや、話してよかった……これで心残りはねえ。先生、礼を言いますぜ」

六

翌日千鶴は、五郎政を連れて本所の弥勒寺に向かった。

弥勒寺は五年前に本所が大火に遭った時、お吉が避難し、伝兵衛が炊き出しの指揮を取ったところである。

御府内八十八ヶ所霊場四十六番札所、塔頭《たっちゅう》六ケ寺、多数の末寺を持つ大寺で、徳川光圀《とくがわみつくに》から寄進されたという弥勒寺の薬師如来像《やくしにょらいぞう》は、江戸十二薬師のひとつとして、多くの参拝客がやってきていた。

寺内も広大で、ここなら多くの罹災者《りさいしゃ》を受け入れることが出来ただろうと千鶴は寺内を見渡して思った。

寺内のあちらこちらには、七分咲きの桜が初々《ういうい》しい色を見せている。

五年前の騒動など今はうかがい知れない風情だが、千鶴はこの寺で、伝兵衛や才次郎、そしてお吉の様子はどうだったのか聞きたかった。

それは、伝兵衛が気になる名前を出したからだ。その名は、才次郎。

才次郎はお吉の亭主になる男だそうだが、江尻の宿で人を殺めて逃げている男も、才次郎という名だったという。

猫八に、その後才次郎について分かったか訊いてみたが、猫八はまだ何も分かっていないのだと要領を得ない。

御府内に入っているのかもしれないし、まだ品川《しながわ》を通過出来ていないのかもしれないなどと、猫八の話は頼りない。

そんな不確かなことで、今日ここに猫八に同道してもらうのはいかがなものかと考えたのだ。

伝兵衛は千鶴を信用して、お吉の亭主になる男の名前まで話してくれた。

その男が宿場の役人や町奉行所の役人に追われている才次郎かどうか、それを確かめるために、同心の浦島や岡っ引の猫八に調べてほしいとは、今の段階では、とても言えなかったのだ。

人違いであっても、人殺し本人であっても、どちらにしても、そんな話をお吉が耳にすれば、お吉は多大な衝撃を受けるに違いない。

――こちらが独自に調べて、必要なら猫八や清治に話せば良いことだ。

千鶴は逡巡したあげく、ようやくそのように決断し、町方とも火盗改とも関係のない五郎政を連れてやってきたのだった。

「どなたか、当時のことについて良くご存じの方に、話を伺いたいのですが……」

千鶴は庫裏《くり》に入ると、取り次ぎに出て来た小僧に身分を明かして頼んだ。

「お待ち下さい」

小僧は、青い坊主頭を下げて、奥に入って行った。

すると直ぐに、黒染めの法衣《ほうえ》をまとった初老の坊さんが出て来た。

「どんな話を聞きたいのですかな」

住職とおぼしき人は、突然見知らぬ者に来訪されていぶかしげだった。

「五年前の大火事の時、こちらで炊き出しをなさったと聞いています。その折りに、才次郎さんという人も焼け出されてここに来ていたと思うのですが……」

千鶴の言葉に、住職は、ああっというような顔をした。

「どのような人だったか、覚えていらっしゃらないでしょうか」

「覚えています。しかし何故、才次郎のことを知りたいのですか」

住職は聞き返してきた。

当然だ、何の理由も告げられずに、住職たるもの人の昔の姿を語るのは躊躇《ちゅうちょ》するだろう。

千鶴は、弥勒橋の近くでめしやをやっている伝兵衛の娘、お吉が才次郎と所帯を持つ約束をしているらしいが、焼け出される前はどこに住んで何をしていた人なのか、何も分かっていないので確かめたいのだと告げた。

「伝兵衛さんは今重い病で臥《ふ》せっていて、私の患者です。そう長くはないと思われます」

千鶴はそこで言葉を切った。溜にいることなどはむろん話すつもりはないが、伝兵衛をだしにして才次郎のことを聞き出すのに、正直迷ったのだ。

「いえ、医者がこのようなことに関わるのはいかがなものかと思われるでしょうが、私は伝兵衛さんに安心してほしいのです」

千鶴の言葉に住職は深く頷いた。

そして庫裏の框に腰を掛けるよう勧めると、自身も板の間に正座して言った。

「そうですか、伝兵衛さんは重い病ですか。気の毒なことです。あの時は随分と助かりました。炊き出しは一日二日のことではありませんから、皆で協力した訳ですが、後に伝兵衛さんの養女になったお吉さんと、お吉さんと同じ長屋に住んでいた錺職《かざりしょく》の才次郎さんは、本当によく手助けしてくれて……そんな二人が仲良くなったのは自然なことでしたが……」

住職はそこで言葉を切った。少し考えている風だったが、千鶴の表情に促されるようにして、話を続けた。

「これは、伝兵衛さんには伝えない方がよろしかろうと思いますが、あの混乱の中で、才次郎さんが両国で人の懐を狙った、巾着切りだと言って、岡っ引が寺にやって来たんですな」

「巾着切り、ですか」

千鶴は聞き返した。

清治の知り合いに、才次郎という巾着切りがいたという話を聞いて間もない。

住職は話を続けた。

「岡っ引は、居るならここに出してくれという訳です。わしは断りました。あの者はそんなことをする筈がない、錺職の腕を持っている者だと……」

だが住職は、才次郎を庫裏のこの場所に呼びつけて問いただしたというのである。

数日前に、才次郎が被災した子供たちに、団子《だんご》や餅菓子を大量に買ってきて振る舞っていたのを見ていたからだ。

果たして、住職が岡っ引から聞いた話を告げると、才次郎は人の財布を拝借したと白状したのだった。その財布には五両の金が入っていて、その金で子供たちに団子や餅菓子を買ってやったというのであった。

「子供たちは皆不安な気持ちで暮らしておりやす。あっしも実は幼い頃に火事で父親を失いやして、母と二人苦労をしたことがあります。子供が抱く不安はとても他人事《ひとごと》じゃありやせん」

子供たちの心を和《なご》ませて、腹も一杯にさせてやりたいと考えてのことだったと、才次郎は告白したのだった。

住職はそう話すと、じっと千鶴を見詰め、

「わしは才次郎に、ほとぼりが醒めるまで上方に行くように言ってやりました。京の知り合いの寺に手紙も書いて、才次郎に手助けするよう頼みました。一度寺から頼りがあって、今錺職で頑張っていて、評判もよいと書いてありましたが……わしが知っているのは、そこまでです」

しかし、お吉と所帯を持つ約束をしていたとは、それは初耳だと住職は笑みをこぼした。

お吉は、お客を送り出すと店を出て来た。

「おい、出かけるようだぜ」

五郎政は一緒に張り込んでいる清治を小突いた。

弥勒寺の住職から話を聞き出した千鶴は、お吉と所帯を持つ約束をした才次郎が巾着切りだったと知り、清治にも協力を求めたのだった。

住職の話だけなら、お吉に余計な心配はさせなくてもいい。

だが、江尻の宿場で人を殺めてしまった男と同一人物となると、所帯を持つどころの話ではなくなる。

千鶴が当初から確かめたいのは、そのことだったのだ。

「どこに出かけるんだ……まさか、才次郎と待ち合わせているのか」

五郎政は、清治と二人で、お吉の後ろ姿を追いながら呟く。

お吉は、弥勒橋を渡ると北に進み、竪川《たてかわ》に出ると左に折れた。大川に向かって歩き始めたのだ。

竪川には、いくつもの船の往来が見えた。俵物《たわらもの》を運ぶ船、木材を運ぶ船、そして人を乗せた物見の船も航行していて、その船には、桜の枝を持って騒いでいる町場の女たち、酒を酌《く》み交《か》わしている男たちが乗り合わせていた。

だがお吉は、それらに見向きもしないで、黙々と歩いて行く。

「おっ、立ち止まったぞ」

清治が言った。

お吉は、亀《かめ》井《い》屋敷の前の土手際にある、一本松の前で立ち止まったのである。

この一本松は、樹齢百年といわれる大きなもので、年輪を思わせる立派な枝を竪川に投げ出している。

根っこに近いところは誰がまつり始めたのか紙垂《しで》をつけた注連縄《しめなわ》が張ってあり、根っこは小さな祠《ほこら》になっていて、そこには供物《くもつ》も見える。

お吉は、そこに腰を落とすと、手を合わせた。

──おとっつぁんの身体が元気を取りもどしますように……。

伝兵衛が溜送りになり、しかも怪我を負っていることは、千鶴から聞いている。

元気になっても遠島は免れぬと思うと哀しいが、それでも元気でいてほしいとお吉は願う。

残念なのは、まもなく才次郎が帰ってくるのに、祝言を挙げる時に、伝兵衛が側にいないことだ。

お吉の脳裏には、才次郎が江戸を発つ時、二人でこの一本松にやって来て、別れを告げた時のことが思い出される。

まだお吉が、伝兵衛の養女になる前のことで、弥勒寺での避難のあとに、お吉がどこで住まうのか分かっていなかった頃である。

あの時才次郎は、お吉の手を握って、こう言ったのだ。

「お吉っちゃん、心配なのはお吉っちゃんの方だ。俺は弥勒寺の和尚の手紙もある。きっと向こうで精進して、金も貯め、五年経ったら、きっと戻って来る。その時はここで会おう」

お吉も頷き、

「私も才次郎さんに負けないように頑張ります。五年先の三月のこの頃に、私、ここで待ってます」

お吉は、じっと見詰めた。

「約束だぞ」

才次郎も念を押す。

「約束します。だから才次郎さんもきっと帰って来て……」

若い二人は、手を取り合って見つめ合った。

――三月もあと少し……。

お吉は毎日、この一本松にやって来ているのだが、まだ才次郎と会えてはいない。

お吉は、袂《たもと》から一寸幅ほどの長く白い布切れを、一本松の枝にくくりつけた。

そして、もう一度辺りや遠くを見渡して人の往来の中に目を凝《こ》らし、次には肩を落として引き上げて行った。

頃を見計らって、五郎政と清治が一本松に歩み寄った。

そして、お吉がくくりつけた白い布切れの文字を読んだ。

伝兵衛さんのお店にいます　　お吉
布切れには、そう書いてあった。

「顔を見ないと分からねえが、俺が知っている才次郎に違えねえ。あいつとは何度か話したことがある。その時言っていたんだ。本職は錺職だってな、巾着切りは憂《う》さ晴らしだってな」

清治は、風を受けてはためく白い布切れを見詰めて言った。

七

「懐かしいな、東湖と植えた桜が、これほど立派な枝振りになるとは……」

酔楽は盃を手に、桜の枝を仰ぎ見た。

枝は八方に広がって、既に花は散って若葉が光を受けて輝いている。

「花もいいが、初々しい芽吹きの色も捨てたものじゃないな」

くいっと呑み干すと、縁側で酔楽につきあって酒を盃に注いでいる求馬の側に戻って来て座った。

春まっさかりの優しい陽気は、酔楽の心を弾ませている様子だ。

患者の診察が終わった治療院は、昼すぎまでの喧噪《けんそう》が嘘のようだ。

「酔楽先生、初筍《はったけのこ》です。本当に柔らかくて、お酒の肴《さかな》にぴったりです。白味噌で和えてますから召し上がってみて下さい」

お竹が、にこにこして料理を運んで来た。

「ほう、これはありがたい」

酔楽は、筍を口に入れて、

「うまいな」

求馬と顔を見合って頷いた。

「歳はとりたくないもんだ。歯がぐらぐらで、それを抜いたら、今度は嚙《か》めない。それで入れ歯を作ってもらったんだが、物を嚙むのは難しい。柘植《つげ》の木で作っているらしいが、歯茎《はぐき》にぴたっとくるようには削れぬからな。去年は筍を一度も食べていないのだ」

「喜んでいただけたら嬉しいです。このところ、五郎政さんには手を貸してもらっていますからね、おじさまも不自由でしょう」

千鶴が、洗った包帯などを手籠《てかご》に入れて、診察室に入ってきた。

「何、五郎政も喜んでやっているのだ。求馬から聞いたが、溜に送っていた男が襲われたそうじゃないか」

酔楽は、手酌《てじゃく》で呑みながら聞く。

「ええ、また深入りしてしまって、求馬様にあきれられています」

　すると求馬が言った。

「あの時、俺が番屋に突き出した島次郎だが、千鶴殿が伝兵衛という者に聞いた話と同じだったそうだ」

　千鶴は頷き、

「それは良かったのですが、やはり伝兵衛さんの容体は芳《かんば》しくないと聞いています。つくづく私、こんなに大変な一生を送る人もいるのだと、伝兵衛さんを見ていて思いました」

　しみじみと言った。

「すると、せめて娘のお吉が所帯を持つのを伝兵衛は願っているというのだな」

「ええ」

「分かるな。伝兵衛の人生で唯一、人並みの幸せを手に入れたと思ったのは、お吉を養女にしたことぐらいだろう。で、お吉の相手は、まだ江戸には戻ってはおらぬのか」

　酔楽は、ぐいぐいやりながら訊く。

「おじさま、呑み過ぎないようにして下さいね」

　千鶴は注意した。そして、

「五郎政さんと清治さんが、ずっとお吉さんの店の前で張り込んでくれています。まだ何も連絡がないのは、才次郎という人が江戸に戻っていないということかもしれません」

と、そこにお道が帰って来た。

「ただいま、ああ、疲れた」

お道は、深川に往診に行った帰りに、お吉の店に寄り、また外で張り込んでいる五郎政と清治に、おにぎりを届けてきたのだった。

「お茶どうぞ」

お竹が差し出したお茶を、お道はおいしそうに飲み干すと、

「先生、私、お吉さんの店に入って、おしるこ食べてきました。表におしるこありますって書いてあったから。でもお店の中は変わりないようでした。まだ才次郎さんは帰ってきていないようですね」

報告を待っている顔の千鶴に言った。

「五郎政さんたちはなんて言っていましたか」

「お吉さんは、暇があれば竪川の一本松に通っているって言っていました」

お道は報告すると、立ち上がって部屋を出て行った。

しばらく沈黙が続く。酔楽は黙って酒を傾けているし、求馬は庭とその先の薬園に目を向けて、何か考えている風だった。

千鶴はずっと、お吉が伝兵衛の文を見て泣き崩れたのを忘れられないでいる。医者として関わりすぎだと思ってはいるが、才次郎が江尻の宿で事件を起こした人物とは別人で、無事にお吉の元に帰ってきてくれることを願っているのだ。

「千鶴殿……」

庭に目を遣っていた求馬が、顔を千鶴の方に向けた。

「猫八はどうしているのだ」

「猫八さんは江尻に調べに行きました。もうまもなく帰ってくる筈です。じっと待っていてもらちがあかないって言っていましたから」

「そうか……江尻まで出かけたのか」

求馬が言った時、

「先生、溜からお使いが参っています」

お道が小走りしてきて言った。

「溜から……」

千鶴は、はっとして、求馬と顔を見合わせると、急いで玄関に走った。

「千鶴先生でございますね。佐藤先生からの伝言です。伝兵衛が亡くなりましたと……」

その日の七ツ（午後四時）、千鶴はお吉に、伝兵衛が溜で亡くなったことを告げ、五郎政と清治を連れて、浅草の溜に向かった。

五郎政と清治は大八を引いている。死人となった伝兵衛を深川の店まで連れ帰ってくるためだ。

むろんそうするのには、佐藤医師に内々に礼物《れいもつ》を渡して許可を貰い、溜の名主《なぬし》や隠居など囚人の元締めにも包金を渡して口封じをし、更に溜の地主家主でもある大元締めには、二両という大金を握らせている。

通常は囚人の死人など、小伝馬町の牢屋だって塵《ごみ》のように取り捨てられるが、やはり抜け道はあるものだ。

佐藤医師は、溜でも金を出せば、内緒で引き取りは可能だと教えてくれたのだった。

千鶴たちが溜の門を入ると、佐藤が待っていてくれた。

「人の目につかぬよう、お願いします」

溜の死人出口から、布に包まれた伝兵衛が押し出されてくると、五郎政と清治が大八に載せ、死体と分からぬよう筵を掛けて、急いで深川のめしやに運んだ。

「おとっつぁん……」

家の中に伝兵衛を運び入れると、お吉は伝兵衛の胸に顔を埋めてひとしきり泣いた。

千鶴は黙って見守った。

やがてお吉は顔を上げると、

「先生、お聞きしたいことがあります」

涙を拭いて、真剣な顔で千鶴を見た。

「千鶴先生は牢のお医者です。おとっつぁんも診ていただいて、文まで先生に託してきました。おとっつぁんは、よほど先生を信用していたのだと思います。先生、千鶴先生は、おとっつぁんが何故盗賊の見張りをしたのかご存じでしょう……牢屋で聞いているのでしょう……私は何も聞いておりませんでした。ご存じでしたら教えて下さい」

「お吉さん……」

「私、おとっつぁんが、昔盗賊の仲間だったと聞いても驚きません。昔は昔です。私の知っているおとっつぁんは、おとっつぁんは……」

　またお吉は涙をこぼす。

「大丈夫よ、伝兵衛さんは昔盗賊だったなんてことはありません」

「先生……」

　お吉は、ほっとしたようだった。

「伝兵衛さんも亡くなったことです。私が伝兵衛さんから聞いた話はこうでした」

　千鶴は、ちらと伝兵衛の死に顔に断りを入れると、伝兵衛の昔を順を追ってお吉に話した。

「儀三という盗賊に、お前の昔を娘に話すぞと脅されて手を貸したと言っていました。伝兵衛さんにとっては、お吉さんが一番大事、なんとしてもあなたの幸せを守りたいと思ったようです」

「おとっつぁんがそんなことを……」

「ええ、本当の父親の言葉でした。誰にも負けない父親の言葉でした。最後にこのように言っていました。お吉さんが所帯を持つと約束した才次郎は三月の末には帰ってくる筈だ。ですからあっしは、それまでに儀三と決着をつけて、家には関わりのないようにしておきたかったんですと……伝兵衛さんが身を挺して盗賊の押し込みを密告したのも、そういうことだったんです」

お吉は深々と頭を下げた。そして伝兵衛の顔を見ながら言った。

「おとっつぁんは才次郎さんが帰って来て、三人で一緒に暮らすのを楽しみにしていたのに」

清治が訊いた。

「お吉さん、その才次郎さんですが、何か連絡でもありやしたか」

「いえ、何もありません」

お吉は一瞬、不安そうな顔をした。

「そうですかい、何にもね」

「私のこと、忘れてしまったのかもしれません」

お吉は寂しそうに苦笑した。

一本松で会うという固い約束をしているのだが、いっこうに才次郎は現れない。もう帰ってきてくれないのかもしれないと、お吉は気弱なことを言った。

「これはあっしの危惧《きぐ》で終わればいいなと考えているんですが、あっしは才次郎さんを知っているものですからね。十日程前のことだが、江尻で宿の女主が殺される事件があったようだ。ところがその下手人《げしゅにん》が、才次郎という名の男だというのだが……」

江戸の町奉行所も動き出している。宿場の役人にだって回状《かいじょう》が届いている筈だ。

清治がそこまで話した時、

「才次郎さんは、そんな人ではありません！」

お吉は、きっとして言った。

「確かに才次郎さんは、巾着切りをやったことがあったようです。でもちゃんとした錺職としての腕を持っている人です。乱暴をするような人ではありません」

「すまねえ、余計なことを言ってしまったかもしれねえな。あっしも、あの才次郎じゃねえことを祈っているんだ」

清治は謝《あやま》った。長い張り込みに疲れて、つい言わなくてよいことをしゃべってしまったと思った。

ふっと千鶴を見ると、もう止しなさいと顔に書いてある。

その時だった。

お吉は、清治にきっぱりと言った。

「万が一、才次郎さんが人を殺めたというのなら、私は才次郎さんに言います。自訴して下さいと」

「お吉さん……」

千鶴は痛々しい目で、お吉を見た。

「才次郎さんは人殺しなどする人ではありません。何かの間違いです!」

八

「あらまあ、その傷、嫁さんに殴られたって……」

驚いて聞き返したのは、おとみである。

おとみは今日は、まだ待合だ。順番を待っているところに、若い男から相談を持ちかけられたようだ。

一緒になる前は、しとやかで優しい女だったのに、所帯を持って子供が出来ると、亭主の自分をないがしろにするようになった。

それで面白くないから、仕事帰りに酒を呑んで帰ったら口論になり、なんと女房は火吹き竹で、亭主の額をがつんと打ったというのである。

確かに男の額は割れて血が固まり、ぷーっと膨れあがっている。

「気の毒だけど、しょうがないね」

おとみは言った。

「そんな……」

「そんな手荒な女を女房に貰った責任は、お前さんにあるんだよ」

「そうですけど」

「それに、赤子は手がかかる。あたしは産婆《さんば》だから良く分かるが、目を離すことは出来ないんだから。夜となく昼となく、赤子は泣くだろ」

「……」

「それを世話するのは大変だよ。亭主にゃ腹も立てるさ。あれもしなきゃ、これもしなきゃと、てきぱきてきぱき、家事も何もやりこなさなきゃならないんだから」

「みんなそうなんですかね」

「まあね、考えてもみなさいよ。お前さんの母親だって、同じだよ。亭主を構うより子供を育てるのが先だった筈さね。そうして子供は元気に育つんだから……」

若い男は、形勢不利と見て、押し黙った。

しかしおとみはまだ何か気になるのか、男に訊いた。

「それで、姑《しゅうとめ》にはどうなんだい」

「おっかさんにだって冷たいですよ。冷たいというより、毛嫌いして……でも自分の母親にはべたべたして、あっしのことも、あっしの母親のことも悪口言いつけて、母親も娘を庇《かば》うばっかりなんだから」

「駄目だね、そういう女房は駄目だよ。うちの嫁と一緒だ。うちの嫁も生意気でさ、あたしは追い出されたんだから」

「ほんとですか」

「嘘なもんか、あんたのおっかさんも、きっとそうなるよ」

「ほんとですか」

「なんべんおんなじ返事をしてるのさ。もっときりっとしなさいよ。そして、いいかい、嫁をしつけるのは最初が肝心《かんじん》だ。一度、がつんとやってやればいいんだよ」

おとみは怒りを込めて言った。どうやら途中で自分の息子夫婦の問題に置き換えてしまったようだ。

「おばさん、いったい、どうすればいいというんですかね」

若い男は苦笑して訊く。

すると横手から、爺さんが言った。爺さんは部屋の中でも杖《つえ》をついている。腰を下ろしていても杖をつっかい棒のように前に立てて、そこに顎《あご》を置くようにして、さっきからじっと耳をそばだてていたのである。

「諦めることだな。何事も諦めが肝心だ。諦めれば腹も立たん」

言い得て妙……待合には静かな笑いが起こったが、なに、それも一瞬、今日も待合室は賑やかだ。

するとそこに、浦島と猫八が入って来た。

おとみが声を掛けようとするが、二人は険《けわ》しい顔で診察室に入って行った。

「先生……」

猫八は千鶴に頷いて合図を送ると、薬を持って出てきたお竹に手を上げて言った。

「お竹さん、江尻から帰ってきたところだ。すまねえが、お茶を一杯貰えねえか」

「お安いご用よ、先生の診察が終わるまで、こちらにどうぞ」

お竹は、二人を台所に連れて行った。

お茶を飲んで一服したところで、千鶴がやって来た。

「お道っちゃんに診察は頼みました。それで、何か分かりましたか」

千鶴は、きりりとした目で猫八の顔を見た。

「先生、江尻で事件を起こした才次郎ですがね。やっぱり、お吉と約束した男のようですぜ」

開口一番、猫八は険しい顔で告げた。

「そう、やっぱりね」

千鶴の顔も強《こわ》ばった。

「順を追って話しやす」

猫八は膝を正した。

猫八が江尻に入ったのは、五日前。

日本橋から江尻までは距離にして四十一里三十五町、往復には八日はかかるが、猫八は途中、早駕籠を飛ばしたりして往復で三日帰りが早くなっている。

江尻といえば清水湊《しみずみなと》を抱える、誰もが知るほどの日本屈指の港町だ。

　また江尻は、武田信玄《たけだしんげん》が城を築いたことで城下町となり、徳川の時代になって宿場としても栄えている。

　本陣《ほんじん》二軒、脇《わき》本陣三軒、旅籠屋《はたごや》五十軒、家屋数は一千五百近くあり、それが巴川《ともえがわ》に沿って、上町、中町、下町に区分された風光明媚《ふうこうめいび》な宿場である。

　猫八は江尻に入ると、まず宿場役人に仁義を切って挨拶《あいさつ》し、才次郎が事件を起こしたという宿に案内してもらいたいと頼んだ。

　むろん「江戸の土産《みやげ》だ」と、上物の煙草を渡したのは言うまでもない。皆奪い合うようにして喜んだ。

　宿場を案内してくれるのは、権兵衛《ごんべえ》という身体の大きい男と、若い蓑助《みのすけ》という男だった。

「その宿は、中町の『巴屋《ともえや》』という古い宿なんですがね」

　宿場役人二人が案内してくれたのは、宿場通りの中でも、ずいぶんと古びた建物だった。

「一昔前までは、脇本陣をやったこともあるんだが、先代が不祥事《ふしょうじ》を起こしてから宿の賑わいは止まっている。殺されたのは先代の一人娘だったおむめという女将《おかみ》なんだが、今はおむめの婿の泉次郎《せんじろう》が宿を采配《さいはい》しているのだ」

巴屋という宿の前で、権兵衛はまずそのように説明してくれた。

「こちらは、江戸からやって来た猫八さんとおっしゃる親分さんだ。才次郎が女将を殺した部屋を見せてやってくれねえか」

権兵衛が大きな身体を揺すって頼むと、玄関に出て来た婿の泉次郎は、不服そうな顔を一瞬したものの、すぐに表情を戻してどうぞと言った。

「こちらです」

泉次郎は、猫八たちを階下の布団部屋の隣にある小さな部屋に案内した。

三畳ほどの部屋だが、今は使われていなかった。

畳の上には油紙が敷いてあり、少し黴《か》びたような、血の生臭《なまぐさ》さも混じった匂いが、猫八の鼻をついた。

「しばらくは使えません。畳を取り替え、綺麗《きれい》にしないと……」

泉次郎は顔を顰《しか》めて言った。

「才次郎は、この部屋に泊まったのか……」

猫八は訊く。

「いえ、泊まったのは二階の方でした。女房のおむめはここでかんざしを見せてもらっていたようでした。酒が出ていましたから、男もおむめも酔っ払っていたのかもしれません。女中の悲鳴で私がこの部屋に走ってきた時には、才次郎は部屋から逃げたあとでした。女中の話では、才次郎はおむめを刺したかんざしを引き抜いて懐にねじ込み、他の売り物のかんざしを入れた箱を抱えると飛び出して行ったということでした」

泉次郎は言った。

「すると、女将を殺したのは、かんざしか？」

猫八が訊く。泉次郎は、きっぱりと頷いて、

「見た者がいるんですから、間違いないと思います」

「ふうむ……盗られた物は？」

「いえ、それはなかったようです」

「すると、かんざしの売買で揉めたのか？」

猫八は更に訊く。

「自分の女房について、こんなことを話すのは、あんまり気乗りしませんが、おむめは美しい女でした。私の女房ですから、そりゃあいい年です。三十も半ばですす。でも私の目の届かないところで言い寄る男は、これまでにも何人もいたんですから」

　すると、側で聞いていた権兵衛が口を添えた。

「旦那が言うのには、才次郎って男は、かんざしをここに並べて商いのつもりが、酒も入り、つい女将の美貌に負けて手込めにでもしようとしたんじゃないかとね。女将は、これはあっしの推測だが、邪険《じゃけん》にしたんだな。それでかっとなって殺《や》った……そういうことじゃねえか」

「なるほどね」

　猫八は、頷いて腕を組んだが、納得した訳ではなかった。

　浦島について走り回っても手柄ひとつ立てられないなどと嫌みを言われる身とはいえ、これはあまりに安易な見方ではないかと思ったのだ。

　いくら女将が美貌だとはいっても、今日の今日会った男が、相手にされなかったといって殺すだろうか。

　第一、ここの者たちは知らぬことだが、才次郎が江戸に向かっているのは、所帯を持つと約束したお吉に会うためだ。

　旅籠屋の巴屋を出てくると、猫八は権兵衛に訊いた。

「女将が死んで、旅籠はあの亭主の物になったんだな」

猫八は、江尻の宿の調べをひと通り話し終えると、

「帰り際には、才次郎が女将を殺したところを見たという女中の、おきりという女にも会ってきやした。疑問もあったんですが、証言の中身は、才次郎じゃないというものがひとつもねえ。下手人《げしゅにん》は才次郎、そう言わざるを得ませんね」

猫八の締めの言葉に、千鶴はふうっと息をつき、

「お吉さんがかわいそうね。こんな話を突きつけられては……」

「へい。今どこにいるのか知りませんが、捕まれば一件落着です」

猫八は言った。

九

「しじみ～、あさり～……しじみ～、あさり～。へい、しじみでござい」

先ほど声太の男のしじみ売りの声が聞こえたと思ったら、今度は、

「さくらそう～さくらそう……さくらそう～さくらそう」

桜草売りの声が聞こえてくる。

懐かしい江戸の売り声を、才次郎は布団に潜《もぐ》り込んだまま聞き入っている。

そう……才次郎は、江尻から宿場宿場の役人の目をすり抜けて、昨日からこの馬喰町《ばくろちょう》の百姓宿『菊野屋《きくのや》』に宿泊していた。

才次郎の他は、どこか田舎からやって来た初老の百姓が二人逗留《とうりゅう》しているだけで、宿は閑散としている。

菊野屋は、古くて汚い宿だった。

食事もまずく、風呂は町の湯屋に行かなければならなかった。

それでもここに居れば、風呂にさえ行かなければ人の目につかない。

才次郎は、ここに逗留して、頃を見計らって、お吉に会いに行こうと考えていた。

——それにしても……。

才次郎は、布団から起き上がると火鉢を引き寄せ、煮えたぎっている鉄瓶《てつびん》の湯を茶碗に注いだ。

一口飲んで畳を睨む。その脳裏に、江尻宿での災難が頭を巡る。

——許せん。俺は嵌《は》められた……。

何度考えても腹立たしかった。

十日前、才次郎は江尻の中町、巴屋に宿を取った。

この五年、京の新光寺《しんこうじ》和尚の口利きで、才次郎は京一番の錺職、藤兵衛《とうべえ》親方の所で修業をしていた。

「せっかく京までやって来たのだ、京の香りのするものを彫れるように修業してみなされ。修業は人を作る」

和尚はそう告げ、才次郎に有無を言わせなかった。

親方の藤兵衛は難しい男だった。最初は声も掛けてくれなかった。教えてもくれなかった。

それが、才次郎が熱心に取り組むのを見て、やがて手を取って細工の仕方を伝授してくれたのだった。

そのお陰で才次郎は、御府内では出せなかった深みのある模様を彫れるようになった。

昼間は親方の仕事を手伝い、夜は長屋でかんざしを彫り続けた。

五年の間、夜なべしてかんざしを彫り続ければ、江戸に帰った時に、お吉と所帯を持つための資金になる。

自分もお吉も身内はいない。自分たちで暮らしを立てなければならない。

所帯を持つために大事なのは金だ。その金を生むのは、このかんざしだと彫り続けた。

お吉は簞笥も欲しいだろうし、鏡もいる。着物も買ってやらなければならない。そんなことを考えていたら、いくらあっても足りないが、将来の二人の暮らしを夢想するだけで、才次郎は厳しい日々にも耐えることが出来たのだった。

才次郎は、五年で二十本のかんざしを彫り上げた。

そのかんざしを手に、才次郎は親方と和尚に暇乞《いとまご》いをし、三月の末、きっとお吉に会おうと京を出発したのだった。

だが京を発《た》ってすぐに思った。

帰る宿場宿場でかんざしを売れば、江戸に帰った時に当座の足しになる。

そうは言っても、才次郎が彫ったのは銀のかんざしだ。安い物ではない。一本金一分は安い方で、高いかんざしになると、二両するものもある。

売ると言っても、女中や仲居には売れない。宿の女将かその娘か、そんなところである。

あの日も、宿に入って部屋に通され、女将が挨拶にやって来た時、才次郎は女将の美貌を褒め、是非私が彫ったかんざしを挿《さ》してもらいたいものだと言ったのだ。

女将は才次郎の話に乗ってきた。脂《あぶら》の乗った腰をくねらせて、夕食が済んだら下の部屋に来てほしい、そこで品物を見せてほしいと言ったのだ。

かんざし売りたさに、才次郎は言われた時刻に階下に降りた。

そして小部屋に入ったのだ。

すると女将は直ぐに酒を運ばせて来た。運んで来た女中の顔も覚えている。

そして女将は、才次郎に酒を勧め、自分も口にして、

「いい男ね、才次郎さんて……かんざしはいただきますから、あたしの頼みも聞いてくれますか……」

「女将……」

驚く才次郎に、

「あたしの亭主は婿養子、あたしを嫌って女をつくっているんですよ。だからあたしは、あたしは……」

女将は才次郎にしなだれ掛かってきたのである。

「止めてくれ！」

才次郎は立ち上がろうとした。

「うっ……」

だが足がしびれて立ち上がれない。ふと見れば、女将も朦朧《もうろう》としているではないか。

「どうしたってんだ……」

叫んだのはそこまでで、次に目が覚めた時には、

「女将！」

女将の胸にはかんざしが突き刺さり、既に息は切れていたのだ。

「こ、これは……」

気が動転した才次郎が、女将の胸に刺さっているかんざしを抜こうと手を掛けたその時、戸ががらりと開いて、あの酒を運んで来た女中が、

「人殺しー！……誰か、誰か……」

才次郎は女中の驚く様を見て、慌ててかんざしを懐にねじ込むと、宿から走り出たのだった。

その後は大勢の男たちに取り囲まれたが、かろうじて逃げおおせ、宿場宿場をくぐり抜けて、ようやく江戸に入ったのだった。

まさかこんなに早く、この江戸まで江尻のことが届いている筈はないと思っても、やはりお吉に会いに行くのは二の足を踏んでいるのだ。

「ちくしょう……」

才次郎は立ち上がって宿の窓辺に寄り、戸を開けた。

大川が見え、川の向こうに深川の家並みも見える。

――すぐそこにお吉がいるというのに……。

苛立《いらだ》つ気持ちで戸を閉めると、

「ごめん下さいませ」

部屋の外から宿の主の声が掛かった。

「なんだ」

返事をすると、戸が開いて、にこやかでまんまるい顔の、四十前後の主が姿を見せた。

「昨日お客さんは、この宿に入られた時、頼みたいことがあるとおっしゃっておりましたが、何でしょうか」

「ああ」

才次郎は頷くと、

「若い衆を一人貸してくれないか。なに、たいした用事ではないのだが」

宿の主の顔を見た。

五郎政と清治が台所の板の間で昼飯を食べている。

お竹が給仕をしながら、

「喉《のど》に詰めないで」

にこりとして注意する。

「年寄りじゃないよ、親分に言ってやってくれ」

五郎政は不平顔で、

「そういえば今年の正月には、ひやっとしたんだから。年寄りに餅はいけねえ」

もぐもぐやりながら言う。

「あら、酔楽先生、お餅を喉に詰めたの」

お竹が笑う。

「うっうってうめいて、ほんと、こっちも青くなりやした」

「五郎政さんのお陰ね。酔楽先生も五郎政さんがいるから、安心して暮らせるんだもの」

「こちらもね、もう今じゃあ、親父のような気になってるんでさ。親分のお陰で、あっしはこうしておまんまも食べていける。近頃では包帯ぐらい巻けるようになったんだ。親分のことは、死ぬまでお世話をさせてもらうつもりだ」

「偉い！」

お竹は、膝を叩いて、

「あたしもね、この年になって反省しているの。両親のどちらも看取っていないんだもの。先に父親が死んで母親が残っていてね。その母親がもう長くはあるまいって田舎の兄さんが言ってきたことがあるのよ。でも、こちらも東湖先生がお亡くなりになって千鶴先生はひとりぽっち、お暇を下さいなんて言えないもの。悩んでいたら、また手紙が来てね。おっかさんはこう言っているって。千鶴先生の側にいなさい、おっかさんは気持ちだけで十分だって……一度嫁いで行く当てのなかったお前が、ずっとそこで奉公させてもらえるのは、みんな東湖先生のお陰だったんだ。その恩を少しでも返しなさいって……」

「ううっ」

清治が、喉に詰まらせたような声を上げた。

「清治」

五郎政が驚いて清治の背中を叩く。

「大事ない。いい話だと思ってよ。あっしも田舎を思い出しちまったよ」

とそこへ、千鶴とお道が入って来た。

「お竹さん、私たちにも食事を下さい」

はいとお竹が立ち上がるのを見て、お道が二人に言った。

「いいんですか、二人揃って帰ってきてご飯なんか食べていて、ここにいる間に才次郎って人が現れたらどうするんですか」

「厳しいね、お道っちゃんは……今は猫八親分が見張っていやすからね」

五郎政は言う。

「ほんとに、誰も現れないんですか」

「俺は才次郎の顔を知っている。才次郎はまだ江戸に戻っていないのかもしれん。一人、若い衆が一本松の、お吉さんが付けた布切れを見ていやしたが、一本松に立ち止まってあれを見たのは、その男一人なんですから」

「それかもしれない」

千鶴が言った。

「それかもしれないって……」

清治が聞き返す。

「才次郎さんの使いの者かもしれないでしょう」

あっと五郎政と清治は顔を見合わせた。

「私はずっと考えていました。江戸に帰ってきていない筈がないと……お吉さんと才次郎さんは同じ長屋で暮らした幼《おさな》なじみ、そして同じように家族を失い、固い絆《きずな》で結ばれていたんです。五年前に交わした約束を違《たが》える筈がないと……」

「じゃあ千鶴先生は、才次郎が江尻の宿で女将を殺したなんて何かの間違いだと、そう思っているんですか」

「いえ、それは……でも私は、まだ納得できないところがあります。猫八さんが聞いてきた話では、女将の美貌に血迷った才次郎さんが殺したことになっていますが、どうでしょうか……もうすぐ許嫁《いいなずけ》に会えるというのに、余所《よそ》の、それも亭主持ちの女将に、ちょっかい出すでしょうか、それじゃあ、あんまり、だらしない話ではありませんか」

「確かに……若先生の言う通りだ」

五郎政が言い、清治も頷き、

「千鶴先生、先生がそのように考えてくれていたなんて、あっしは嬉しいです。あっしは才次郎はやってねえ、これは間違いだって、ずっと願っていたんです。少しでもいい、希望が持てるなら、あっしは嬉しい」

清治は立ち上がった。

「五郎政兄い、一足先に行くぜ。あいつに会ったら自訴を勧めるんだ」

清治は急いで出て行った。

「待てよ、清治！」

五郎政も、慌てて清治の後を追った。

十

お吉は早々に店を閉めた。

そして釜《かま》の飯で握り飯を作り始めた。

竹皮にそれを包み、別の竹皮には、店で売っている様々なおかずを包んだ。

更に湯飲みを入れ、竹筒にお茶を入れ、それらを風呂敷《ふろしき》に包んで上がり框に置いた。

次には髪を整え、薄化粧をすると、一番新しい着物に身を包み、文机《ふづくえ》に置いた伝兵衛の白木《しらき》の位牌《いはい》に手を合わせた。

「おとっつぁん、才次郎さんが帰ってきました。どうか二人をお守り下さい」

お吉は長い間、伝兵衛の位牌に助けを求めた。

今日の昼頃だ。見知らぬ男が店に入って来て、こう言ったのだ。

「あっしは才次郎の旦那から頼まれてやってきた者だ」

男は宿の名を語り、才次郎に頼まれて一本松に行き、そこに結んであった布切れの文字を読んだ。そしていったん才次郎に報告したところ、伝兵衛のめしやなら知っている、これこれこういう所にあるから、私の代わりに店に行って伝言してくれと言ったのだという。

男が持って来た才次郎の文には、
江戸に帰って来ている　暮れ六ッ（午後六時）には一本松に行く
そう書いてあったのだ。

お吉は、衝撃を受けた。

――ここに直接、才次郎さんが来ることが出来ないのは……。

あの清治とかいう人が言っていたように、人を殺して逃げ回っているという証拠ではないのか。

これで謎が解けた。お吉はここしばらく、自分が誰かに見張られているような気がしていたのだ。

先ほどだってそうだ。お客を送り出した時、どこからか人の目が店に注がれていると感じていた。

気付かぬふりをしてきたが、ずっと不安だったのだ。

——お奉行所の役人が私を見張っているのだ。

才次郎と自分の繫《つな》がりを知って、才次郎がここに来る筈だと張り込んでいるに違いないのだ。お吉の胸に、不安は広がるばかりだった。

だが、さまざま考えているうちに、お吉は思った。

——才次郎さんが人を殺めるわけがない……。

とにかく会って確かめなければならないと。

万が一人を殺めていたなら自訴を勧めるのが人の道だが、才次郎に会う時刻が近くなるに連れて、お吉の頭の中は混乱する。

——逃げてほしい。

お吉は、伝兵衛に祈り終えた時、そう思った。

慌ててお吉は腕をまくり、台所に走ると、床板を剝《は》がして板の下から味噌の壺《つぼ》を取り出した。

伝兵衛と力を合わせて必死に貯めた金だ。

壺を逆さにしてお金を乱暴に出し、小判も銭も見境なくかき集めて巾着に摑み入れ、懐にねじ込んだ。

腕に握り飯を包んだ風呂敷を抱えると、

「おとっつぁん、行ってきます」

お吉は店を出た。

日が落ち始めた道を、お吉は北に向かう。

「旦那、まさか才次郎の奴、江戸に帰ってきたんじゃないでしょうね」

猫八が物陰から飛び出して来て、背後にいる浦島に言った。

「猫八、尾《つ》けるのだ。抜かるな」

物陰からのそりと出て来て、浦島は前を見据《みす》えた。

「ご安心を、行く先は決まってます。一本松でさ、向こうには五郎政と清治もいる」

猫八は腕をまくって歩き出す。

だが、二人の予想は外れたようだ。

竪川に出たお吉は、一本松の方には向かわずに、松井橋《まついばし》で足を止め、橋の袂から猪牙《ちょき》に乗ったのだ。

「あれ、一本松じゃあ……」

河岸通《かしどお》りに走り出てきた猫八と浦島は、遠くなっていく舟を見送った。

「巻かれたな」

浦島も悔しがる。

お吉が乗った舟は、一本松のある亀井屋敷の前を、速さを増して大川に出て行った。

こちらでも張り込んでいた五郎政と清治が一本松まで走り出てきて、あんぐりと口を開けてお吉の背を見送ったのである。

「巻かれたって、どういうことなの」

診察室の縁側に出て来た千鶴は、消沈して庭に入って来た五郎政と清治に言った。

「どうやら気がついていたらしいんです。今日は早くに店を閉めて、風呂敷包みを抱えて店を出たようです。それで浦島の旦那と猫八親分が追尾《ついび》したらしいんですが、松井橋の袂から猪牙に乗ってどこかに行ってしまったという訳でして」

五郎政は言った。するとすぐにその後を清治が繋いだ。

「俺たち二人は一本松で張っていたんですが、目の前をすいすいと逃げられてしまいやした」

「連絡が来たのですね。才次郎さんから……」

千鶴は険しい顔で、縁側に膝を落とした。

背後の部屋に灯した行灯《あんどん》の光が、千鶴の背中を照らし、五郎政と清治の顔を照らしている。

「お吉さんは、あなたたちが張り込んでいたのを知っていたんですね」

千鶴の言葉に、

「すいません」

二人は小さく頭を下げた。

「さて、どこに行ったのか、見当もつきませんね」

途方に暮れた顔で千鶴が言うと、

「浦島の旦那と猫八親分は、助っ人《すけと》を頼むと言っていたんですが……」

清治が言った。

「でも、どの辺りにいるのか見当がつかなければ、手配のしようもありませんね」

千鶴は溜息をつく。

「まったく、みんながこんなに心配しているのに、才次郎の奴め……」

清治が地団駄《じだんだ》を踏んだその時、求馬が診察室に入ってきた。

「なんだ、五郎政たちも来ていたのか」

求馬は縁側にどかりと座り、

「皆深刻な顔をしておるな。まずはこちらから報告しておこう」

そう前置きすると言った。

「伝兵衛を襲った引き込みの島次郎だが、遠島となったらしいな」

「何時のことですか」

千鶴は聞き返す。

「昨日のことだ。島次郎を突き出した時に番屋で会った北町の同心が教えてくれたのだ。島次郎は全て白状したようだ。一味のこれまでの悪事が全て明らかになり、本来なら死罪のところを遠島になったのだと言っていた。まっ、一件落着というところだな」

と言った後、求馬は皆の顔を見渡した。

「で、雁首揃《がんくびそろ》えて何の話だ？……才次郎の件はまだ決着がつかぬのか？」

「それがまずいことになりやして」

清治が言った。

「どうやら江戸に戻ってきているようなんですが、その居場所が皆目《かいもく》分からねえもんですからね」

五郎政が頭を掻く。

千鶴は、浦島や猫八、それに五郎政と清治も、今日の今日、お吉に巻かれてしまったことを求馬に話した。

「ふうむ……」

求馬は腕を組んでしばらく考えていたが、

「その、なんだな、一本松にお吉が伝言を書いて結んだ布切れを見た男がいると言ったな」

「へい、町場の男でした」

五郎政が頷く。

「若い男です。縞の着物を着ていやした。あれは木綿です」

清治は言った。

二人ともお吉に巻かれた責任を感じて、真剣な目を求馬に向けている。

「他に何か、袢纏《はんてん》を着ていたとか、覚えていないか」

「いえ。雪駄《せった》を履いた意気の良い奴で」

五郎政がひとつひとつ応えていく。

「その男を尾けていれば、才次郎の居所は分かったかもしれぬな」

「へい、千鶴先生にも同じような指摘を受けやした。ですが、既に遅しで……」

五郎政は言い、清治と悔しげな顔を見合わせる。

「これは一か八かの話になるが、馬喰町の百姓宿を当たってみてはどうだろうか。宿が何軒あるのか知らぬが、百姓宿には身分を隠して宿泊する者もいると聞いている」

求馬が言ったその時、バチンと清治が膝を叩いた。

「そういや、あいつ、馬喰町の、なんていう旅籠だったか、亡くなった母親が勤めていたとか言っていたな」

「宿の名前は」

五郎政がせかす。

「ええ、なんだっけ……」

せかされて混乱した顔で清治は頭を抱えていたが、はっと顔を上げると、

「たしか、菊がついていたな……ああ、花の名だと思った記憶がある……菊、菊、そうだ、菊野屋！」

大声を上げた。

十一

その頃、お吉は菊野屋の二階で才次郎と話し合っていた。

向かい合って座っている二人の間には、お吉が風呂敷に包んで運んで来た握り飯と、巾着袋に入れてきた蓄えの全てが置いてある。

そしてお吉の髪には、才次郎が彫ったかんざしが、行灯の光を受けて、きらりきらりと輝いている。桜の花びらにおしべめしべもついた精巧なかんざしだった。

才次郎は、お吉の髪に輝くかんざしを、ちらと見て言った。

「お吉、俺が人殺しなどやってねえってこと、信じてくれたんじゃなかったの

か」

「それは、信じています、本当です」

お吉は顔を上げて、まっすぐに才次郎を見詰めた。

薄化粧をして、高価なかんざしを挿したお吉は美しい。

「だったら、何故、一緒に行ってくれねえんだ……そのかんざし、受け取ってくれたじゃないか……俺はな、この江戸に住みたくても住めねえんだぜ」

「私、ここに来るまでは、才次郎さんとどこまでも一緒に逃げていくつもりでした。でも、才次郎さんから話を聞いて、本当に無実なんだと知りました。無実で追われているのなら逃げなくてもいいんじゃないかと思っているんです」

「世の中、そんなに甘くはねえ。一度疑われたら終わりだ」

「いいえ、それは違うでしょう。弥勒寺の和尚さんはどうなの……才次郎さんが両国で人の懐を狙って、そのお金をお腹を空かせた子供たちのために使ってしまったと知った時、才次郎さんは駄目な男だって言ったかしら。そうではなくて、京に行けって言ってくれて、知り合いの和尚さんに手紙まで書いてくれて、悪いことをしたと知っていても、手をさしのべて下さったじゃないですか」

才次郎は、黙って聞いている。

「京の和尚さん、それに和尚さんが世話して下さった錺職の親方はどうなの……みんな才次郎さんに手を貸してくれて、とてもいい修業をさせて下さったんじゃなかったの」

お吉は思いつくかぎり人の名を挙げて一生懸命考えを述べる。

才次郎が人を殺めたかもしれないという疑いを持った時には、どうやって才次郎を逃がせばよいか、またいざという時には一緒にこの江戸を逃げることになるかもしれないと、そこまで思い詰めていたのだが、才次郎に直《じか》に会って話を聞き、やはり無実だと分かってみると、逃げたら負け、逃げたら人を殺したことになるとお吉は考え直したのだ。

「こちらから番屋に出向いて、これこれこうでしたと説明すれば、調べてくれる。調べてくれれば、真実は何か分かるじゃないですか。逃げる必要なんてないでしょう」

才次郎は首を横に振った。そんなことは無駄だと言わんばかりの顔色だ。

「そんな話が通じれば、俺はこんなに逃げ回ったりするものか」

才次郎は、お吉の考えはあまりにも単純だと思っている。

だがお吉は、まだ納得がいかないようだった。

「おとっつぁんだって、私たちを守ろうとして盗賊に手を貸して死んでいったんですよ。あのお店も、いずれお前と才次郎に譲る。わしのかなえられなかった所帯を持って、幸せに暮らしてくれ。おとっつぁんはいつもそのように言ってました。才次郎さん、今までたくさんの人からいただいた温情を捨て去って、江戸を離れて、それでいいんですか……そうして見知らぬ土地で、息を潜めて暮らそうっていうのですか……無実と分かれば、堂々とこの江戸で暮らせるじゃありませんか」

「ふう……」

困ったなというように、才次郎は深い息をひとつすると、押し黙った。

お吉がここにやって来てから、何度も繰り返された二人の会話だ。

話は平行線のまま、混乱をきたしていた。

お吉は立ち上がると、火鉢に掛かっている鉄瓶を取り上げた。

そして、黙ってお茶を入れる。

ひと口、ふた口、お茶を飲んでから、ふっと才次郎は言った。

「なんでこんなことになったんだよ。もう生きていくのが面倒くさくなるよ」

「駄目よ、そんなふうに考えるなんて」

お吉が叱る。

「俺はな、お吉っちゃん。お吉っちゃんのことを考えて、会いたくて、だけど宿場には役人が待ち構えている。関所だってもうこうなったら通れない。そう思って獣道《けものみち》ばかりを歩いて、ようやくこの江戸に帰ってきたんだぜ。見てみろよ、この腕と足の傷を……」

才次郎は、両手両足を突き出した。

傷は癒《い》えかけているものの、無数のかすり傷が走っていた。

「これでも俺についてきてくれねえって言うのかい」

「才次郎さん……」

「俺を好いてるというのは嘘なのかい」

才次郎は、だんだん怨みがましい口調になった。

「分かりました、一緒に行きます」

お吉は、とうとう決意した。

「お吉っちゃん」

才次郎はお吉を抱き寄せた。

「ありがとうよ、お吉っちゃん」

抱きしめたまま、お吉に囁く。

「ひとつだけ、お願いがあるの」

お吉も、抱かれたまま言った。

「伝兵衛おとっつぁんの位牌をお店に置いてきました。あのお位牌だけは一緒に持って行きたいのです」

「分かった」

才次郎は、きっぱりと返事をすると、身体を離してお吉の両手を自分の両手に包んだ。

「今から闇《やみ》に紛《まぎ》れて位牌を取りに行こう。そしてその足で新宿《しんじゅく》に出る」

お吉は頷いた。

宿はしんとしているが、階段を上がってくる人の足音が聞こえる。

その足音にせかされるように、二人は慌ただしく荷物を持って立ち上がると、部屋の障子を開けた。

「あっ……」

廊下に千鶴と求馬が立っていた。その後ろには、五郎政と清治がいた。

「お吉さん……」

千鶴は、首を横に振った。

「千鶴先生……」

「知っているのか？」

才次郎が、血走った目でお吉に訊く。

「お医者様です。おとっつぁんを診ていただきました」

「お吉、お前、俺を売るつもりか！」

才次郎は後ろに飛び退《の》くと、道中差《どうちゅうざし》を抜いた。

「まさか、皆さんは私のことを案じてくれて」

「嘘だ、俺はだまされねえぞ」

その時だった。

清治が部屋の中に入ってきた。

「清治……」

「才次郎、馬鹿な真似は止めろ。俺たちは皆、お前の無実を願い、お吉っちゃんの幸せを願ってここに来たのだ」

「うるせえ！」

才次郎は、いきなり清治に斬りかかってきた。

「あぶない」

求馬は清治を突き飛ばすと、才次郎の腕に手刀《てがたな》を打った。

「馬鹿な真似はよせ！」

才次郎の腕を摑んで求馬は言った。

「千鶴先生、才次郎さんは本当に無実なんです。宿の人に嵌められたんです。才次郎さんの話を聞いて下さい。お願いします」

お吉は両手をついて懇願した。

「先生、本当に江尻までいらっしゃるのですか」

旅の支度《したく》をする千鶴を、お竹は気遣った。

台所の方には、旅支度を終えた五郎政と清治が待っているのだ。

千鶴は今日は藍染袴ではない。小袖《こそで》に裁付袴《たつつけばかま》である。そして腰には刀を帯びている。

「何も、こんなことまでなさらなくても、お調べは御奉行に任せればよいのではありませんか」

お竹は、支度を調《ととの》えながら、何時までも不満を口にする。

「お竹さん、私には才次郎さんを匿《かくま》った責任があります。才次郎さんの話を聞いた以上、私もこの目で納得したいのです。もう後には引けません」

千鶴は言った。

昨夜千鶴たちは、馬喰町の旅籠で、才次郎の話を聞いた。

あの話が本当なら、才次郎を下手人と断定するには無理があると思ったのだ。

それは千鶴だけでなく、一緒に話を聞いた求馬も、清治も五郎政も同じ考えだった。

とはいえ、追われていることに変わりはない。

そこで千鶴は、宿の者にけっして外に漏らさぬよう過分な金を渡し、匿ってもらっている間に、江尻に行って調べてみようと考えたのだ。

ただ、求馬は御府内から勝手に出ることはできない。許可を貰っている間も惜しい千鶴は、求馬をあきらめて五郎政と清治を連れて早駕籠で行くことにした。

浦島と猫八には内緒にしている。

馬喰町の宿に才次郎が居ることを二人が知れば、役目柄放ってはおけまいと思ったからだ。

「求馬様がご一緒なら、私も安心だけど、あの二人がお供では、もしもの時にはどうなさるんですか。先生には、この治療院があるのですよ」

お竹は、薬を包んだ物を渡しながらぶつぶつ言う。

「私にもしものことがあったら、お道っちゃんにこの治療院は頼みましょう」

「先生、そんな冗談は止して下さいませ」

お竹は目を吊りあげた。その時だった。

「千鶴先生」

清治が大股で足を鳴らしてやって来て、

「板倉の殿様が、御家来衆で剣の腕は一番の島原広之進《しまばらひろのしん》様をお寄越しになりました。ただいま玄関に参っております」

と言うではないか。

千鶴は慌てて玄関に向かった。

「千鶴先生でございますか。殿様のご命令です。江尻にご一緒いたします」

にこにこして島原という侍が立っている。

なるほど筋骨たくましい、しかも顔立ちのきりりとした三十前後の侍だった。

「板倉の殿様が……」

千鶴は寄りつきに座ると、驚いて聞き返した。

「はい、清治から一部始終をお聞きになって助けてやれと、わしの家来を御府内から外に出すのはこちらの勝手だとおっしゃって」

「まあ……」

千鶴は笑みを漏らした。

「実は先日も酔楽先生が碁を打ちにいらして、こたびの事件、早くからお耳に入っていたらと気にかけていたようです。火付盗賊改の扱いではございませんから調べに手出しはできぬが、とも申しておりました」

「鬼に金棒《かなぼう》でございます。それではお言葉に甘えます。今しばらくお待ちいただけますでしょうか」

千鶴は部屋に引き返した。

まもなく、四人は玄関に出た。

するとそこに、猫八が息を切らせて入って来た。

「いやいやいやいや、こんなこともあるのかと驚きやした」

ぜいぜいしながら猫八は言った。

「親分、話はあとで聞くよ、俺たちゃ、これから出かけなきゃならないんだ」

清治が言った。正直千鶴も五郎政も、こんな時にやってこなくてもと思っているのだ。

「そんな場合か、あのな、才次郎が無実だって分かったんだ」

「何ですって!」

千鶴は声を上げて、猫八の胸ぐらを摑んだ。

「あいてて、苦しい、手を放して、先生」

千鶴は、はっとなって手を放すと、

「今ね、本材木町《ほんざいもくちょう》の大番屋に、おきりという女が保護されているんです。江尻から逃げてきて、大番屋に助けを求めたんですよ。殺されるって」

「おきり……」

千鶴は思い出した。

才次郎の話だと、酒を運んで来た女中の名が確か、おきりだった。いやまだひとつ、才次郎が女将の胸に刺さったかんざしを抜こうとした時に、部屋の外から『人殺しー』と叫んだのも、確かおきりだったのではないか。

「大番屋で浦島の旦那が待っています。あの事件に関わっていたのは、うちの旦那だけでしたから、それで連絡が来たんです」

「分かりました。参ります」

千鶴は言って、島原広之進に頭を下げた。

「江尻には出かけなくてもよさそうです」

「それは残念、こんな元気で美しい人と旅が出来るのかと、わくわくしておりましたのに」

広之進は笑った。

十二

「さあ、話して下さい」

千鶴は本材木町の大番屋で、保護されているおきりと向かい合った。

側には浦島、猫八、清治に五郎政がいる。

「先ほども話したように、この方はお医者なのだが、お前が人殺しにしてしまった才次郎を心配している。お前がなぜ、ここまで逃げてきたのか、あの事件の真相はどういうものだったのか、話してくれるね」

浦島はおきりに言った。

「はい、包み隠さず話します。ですから、私の命を狙った旦那様のこと」

おきりはすがる目で訴える。

「案ずるな、そのつもりだ」

浦島がそう言うと、おきりは千鶴に向いて、話し始めた。

「私がこの江戸に逃げてきたのは、ひとつには、宿の旦那様に口封じのために命を狙われているからです。そうなってみて初めて、才次郎さんを嵌めてしまって下手人に仕立て上げたことが、どんなに恐ろしいことか思い知らされたんです。才次郎さんが無実だってことを証言しなきゃ私は一生浮かばれない……そう思ったんです。それで、才次郎さんが江戸者で、宿場から追われて江戸の方に向かったということも聞いていましたから、それなら江戸のお役人に話さなければと江尻からここまで逃げてきたんです」

おきりは、顔をひきつらせて千鶴を見た。

「すると、最初から才次郎さんを嵌めてやろうと、そういうことだったんですね」

千鶴は聞いた。

「はい。私、ずっと旦那様の遊び相手だったんです」

あっと千鶴は、おきりの顔を見た。

確かにおきりの顔は整っている。少し怠惰《たいだ》な香りがしないでもないが、それだけに男をそそるものがあると見た。

「旦那様は婿入りした人です。だから女将さんが苦手でした……」

一方の女将も亭主が嫌いで、旅人で気に入った男が宿泊すると、怪しげな雰囲気になることはよくあった。

才次郎が宿を取ったあの日、女将は才次郎をいたく気に入ったらしく、宿の別室に才次郎を呼んだ。

それを知った旦那は、

「いい具合だ。おきり、きっとお前を女房に据えてやるから、手筈《てはず》通りにやるんだ」

おきりにそう言ったのだ。

──旅籠屋の女将になれる……。

善も悪も分からない筈はないのに、おきりは有頂天《うちょうてん》になって、才次郎に出す酒の中に、眠り薬を入れたのだった。

案の定、才次郎も女将も薬が効いて眠ってしまった。

それを見計らって旦那が部屋に忍び込み、女房の胸を、才次郎のかんざしで突き刺して殺したのだった。

おきりはそれを、はっきり見ている。

その証拠に、その時着ていた着物の袖を血で汚した旦那は、おきりに着物を捨てておくよう言いつけたのだった。

だがおきりは、それを捨てなかった。いざという時のために取っておいた。

そうしてからおきりは、才次郎が目覚めるのを廊下で待っていたのである。

才次郎が目覚め、部屋の中で音を立てた時、おきりはさっと戸を開けて、さも今、才次郎が女将を刺したのを目撃したように、

「人殺しー！」

と叫んだ。

まんまと旦那は客を殺人者に仕立て上げて、旅籠はそっくり、自分のものにしたのだった。

ところが、いざ女将にしてくれるとばかり思っていたら、旦那は三味線《しゃみせん》の師匠を後添《のちぞ》えにするのだと分かった。

「悔しいです」

おきりはそこまで話すと、歯ぎしりして、

「それで私、脅してやったんです。女将さんを殺したのは、旦那様だって。私は

生き証人だって……そしたら、お前を殺すと、本気で言ったんです、あの人……私はすぐに宿を出ました。早駕籠を乗り継いでここまでやって来たんです」

千鶴は頷いて、改めておきりの顔を見た。

「千鶴先生、おきりは血のついた旦那の着物を持ってきています。動かぬ証拠になるでしょう」

「ひとつ聞きたいことがあります」

千鶴は言った。

「私が聞いた話では、宿場の役人と揉み合う時に才次郎さんは一人撲殺したそうですが、その話はどうなんでしょうか」

昨夜才次郎にも聞いているが、才次郎は知らないと言っていたのだ。

「それも違うことが分かっています。死んだのは宿場役人の一人ですが、卒中だったようです。医者が言っていました。頭に傷もなかったようですから……」

「ほっとしました」

千鶴は大きく息をつくと、笑みを浮かべて五郎政、清治と顔を見合わせた。

「確かにほっとはしましたが、これから才次郎を探して、無罪だ、安心しろと教えてやらねば」

猫八が言う。

「猫八さん、きっと才次郎さんは、お吉さんに会いに現れます。私はそんな気がします」

千鶴は言ってから、きょとんとしている浦島と猫八に、朗《ほが》らかに笑ってみせた。


「いらっしゃいませ、いらっしゃいませ。今日から五日間、特別に蕎麦《そば》も出るよ。蕎麦はあっしが打っているんだ。うめえよ、天下一品、江戸一番。さあ、いらっしゃい、いらっしゃい」

お吉の店の戸を開けて、前垂《まえだ》れ姿で出て来たのは五郎政だ。

五郎政は、今日から五日間、お吉の店を手伝うことになったのだ。

「そうだ、忘れておりやした。店の奥に、ずずいーと入りますと、奥の部屋では、これまた天下一品の銀のかんざしが並べてある。気に入れば買っていただけますぜ、いらっしゃい」

声を張り上げると、近くの者だろうか、若い女が三人連れ立ってやって来た。

「めしやにかんざしって、本当に置いているんですか」

半信半疑だ。

「本当だとも、こちらの亭主はつい先ほど、京で修業して帰ってきたところだ。才次郎さんというんだが、才次郎さんの作るかんざしは、いわば下りもの、つまり上物よ。入って見てごらんよ」

女たちは、きゃっきゃとはしゃぎながら、店の中に入って行った。

そろそろ店も満杯だ。

客引きも、もうよかろうと入ろうとしたその時、千鶴とお道がやって来た。

「五郎政さん、頑張ってるわね」

お道が言った。

「はい、大入りでございやす」

「才次郎さんもいるんですね」

「もちろんです」

「でも変な感じ。めしやでかんざし売ってるなんて」

千鶴とお道が店の中に入ろうとしたその時、

「千鶴先生」

背後から声がした。

振り返って、千鶴もお道も、あっと驚いた。

近づいてきたのは、圭之助《けいのすけ》だった。

大坂《おおさか》から江戸にやって来て北森下町でよろず屋をやっていた、あの圭之助だ。

よろず屋とはいえ、圭之助は、歴《れっき》とした医者なのだ。

半年前に母親が病気だと言い、大坂に帰っていたのだが、ようやく戻ってきたらしい。

圭之助は、初老の女を連れていた。

「いや、戻ってきましたので挨拶に治療院に行きましたところ、お竹さんが、こちらに行ったと教えてくれたものですから」

話し終わらないうちに、初老の女がぐいと顔を突き出してきて言った。

「お土産、お渡ししてきましたからね」

きょとんとして千鶴が初老の女の顔を見ると、

「母親です。おたよといいます。一緒にこの江戸で暮らすことになりまして」

「まあ、それは……桂千鶴と申します」

「私は弟子の、お道です」

二人が頭を下げると、

「聞いてまっせ。毎日ね、千鶴せんせのことは話に出て来ていましたからね。それと、お道さんは日本橋の大店のいとさんやてことも、それも聞いてます」

「いとさん……」

お道はぽかんとする。

「まあまあ、それより、美味しいご飯がこの店で食べられるて、ほんまですか。実は桂治療院さんで何か美味しいもの出して下さるかもしれんて思うて、朝から何も食べてしまへんの。そしたらせんせはいらっしゃらなくて、すぐにこちらに参りましたでしょ。丁度お腹も空きましたさかい」

「さかい……」

またお道がくり返す。

だがそんなお道などおたよは無視して、

「圭之助、何食べようかしらね」

するとすかさず、五郎政が言う。

「蕎麦、美味しいです。あっしが打った蕎麦、いかがですか」

「蕎麦ねえ、上方はうどんですからね、おだしだって上方とこちらは違う。人の話じゃ、こちらの汁は濃ゆくて濃ゆくて喉が渇くて聞いてるし……いえね、あたしは、どちらかというと濃いのが好きやの。そやからいっぺん食べてみたい思うのは思うけど、今日はやめとこ。こんなごっつい人が打った蕎麦、ほんまに美味しいかどうかわからしまへんもの」

おたよは言って、圭之助の袖《そで》を引っ張るようにして店の中に入った。

「いらっしゃいませ！」

お吉のはつらつとした声は外まで聞こえてくる。

「先生、あの圭之助さんのおっかさん、なんだか大変な感じしません？」

お道は言って、くすりと笑う。

「お道っちゃん」

千鶴は笑って口に人差し指を当て、

「私たちも入りましょう」

明るい顔でお道を促した。

この作品は双葉文庫のために書き下ろされました。

双葉文庫

ふ-14-11

藍染袴お匙帖《あいぞめばかまさじちょう》
あま酒《ざけ》

2017年2月19日　第1刷発行

【著者】
藤原緋沙子《ふじわらひさこ》

【発行者】
稲垣潔

【発行所】
株式会社双葉社
〒162-8540 東京都新宿区東五軒町3番28号
［電話］03-5261-4818(営業)　03-5261-4833(編集)
www.futabasha.co.jp
（双葉社の書籍・コミックが買えます）

【印刷所】
株式会社亨有堂印刷所

【製本所】
株式会社若林製本工場

【表紙・扉絵】南伸坊
【フォーマット・デザイン】日下潤一
【フォーマットデジタル印字】飯塚隆士

落丁・乱丁の場合は送料双葉社負担でお取り替えいたします。
「製作部」宛にお送りください。
ただし、古書店で購入したものについてはお取り替えできません。
［電話］03-5261-4822(製作部)

ISBN978-4-575-66813-1 C0193
Printed in Japan

藤原緋沙子　著作リスト

	作品名	シリーズ名	発行年月	出版社	備考
1	雁の宿	隅田川御用帳	平成十四年十一月	廣済堂出版	
2	花の闇	隅田川御用帳	平成十五年　二月	廣済堂出版	
3	螢籠	隅田川御用帳	平成十五年　四月	廣済堂出版	
4	宵しぐれ	隅田川御用帳	平成十五年　六月	廣済堂出版	
5	おぼろ舟	隅田川御用帳	平成十五年　八月	廣済堂出版	
6	冬桜	隅田川御用帳	平成十五年十一月	廣済堂出版	

藤原緋沙子　著作リスト

7	春雷	隅田川御用帳	平成十六年　一月	廣済堂出版	
8	花鳥		平成十六年　四月	廣済堂出版	四六判上製
9	恋椿	橋廻り同心・平七郎控	平成十六年　六月	祥伝社	
10	夏の霧	隅田川御用帳	平成十六年　七月	廣済堂出版	
11	火の華	橋廻り同心・平七郎控	平成十六年　十月	祥伝社	
12	紅椿	隅田川御用帳	平成十六年十二月	廣済堂出版	
13	雪舞い	橋廻り同心・平七郎控	平成十六年十二月	祥伝社	
14	風光る	藍染袴お匙帖	平成十七年　二月	双葉社	

15	夕《ゆ》立《だ》ち	橋廻り同心・平七郎控	平成十七年　四月	祥伝社	
16	風蘭	隅田川御用帳	平成十七年　六月	廣済堂出版	
17	遠花火	見届け人秋月伊織事件帖	平成十七年　七月	講談社	
18	雁渡し	藍染袴お匙帖	平成十七年　八月	双葉社	
19	花鳥		平成十七年　九月	学研	文庫化
20	照り柿	浄瑠璃長屋春秋記	平成十七年　十月	徳間書店	
21	冬萌え	橋廻り同心・平七郎控	平成十七年　十月	祥伝社	
22	雪見船	隅田川御用帳	平成十七年十二月	廣済堂出版	

藤原緋沙子　著作リスト

23	春《はる》疾風《はやて》	見届け人秋月伊織事件帖	平成十八年　三月	講談社
24	父子雲	藍染袴お匙帖	平成十八年　四月	双葉社
25	夢の浮き橋	橋廻り同心・平七郎控	平成十八年　四月	祥伝社
26	潮騒	浄瑠璃長屋春秋記	平成十八年　七月	徳間書店
27	白い霧	渡り用人片桐弦一郎控	平成十八年　八月	光文社
28	鹿鳴《はぎ》の声	隅田川御用帳	平成十八年　九月	廣済堂出版
29	紅い雪	藍染袴お匙帖	平成十八年十一月	双葉社
30	暖《ぬくめ》鳥《どり》	見届け人秋月伊織事件帖	平成十八年十二月	講談社

31	桜雨	渡り用人片桐弦一郎控	平成十九年二月	光文社
32	蚊遣り火	橋廻り同心・平七郎控	平成十九年九月	祥伝社
33	さくら道	隅田川御用帳	平成二十年三月	廣済堂出版
34	紅梅	浄瑠璃長屋春秋記	平成二十年四月	徳間書店
35	漁り火	藍染袴お匙帖	平成二十年七月	双葉社
36	霧の路《みち》	見届け人秋月伊織事件帖	平成二十一年二月	講談社
37	梅灯り	橋廻り同心・平七郎控	平成二十一年四月	祥伝社
38	麦湯の女	橋廻り同心・平七郎控	平成二十一年七月	祥伝社

藤原緋沙子　著作リスト

39	密命	渡り用人片桐弦一郎控	平成二十二年一月	光文社	
40	日の名残り	隅田川御用帳	平成二十二年二月	廣済堂出版	
41	恋指南	藍染袴お匙帖	平成二十二年六月	双葉社	
42	桜紅葉	藍染袴お匙帖	平成二十二年八月	双葉社	
43	雪燈	浄瑠璃長屋春秋記	平成二十二年十一月	徳間書店	
44	坂ものがたり		平成二十二年十一月	新潮社	四六判上製
45	月の雫	藍染袴お匙帖	平成二十二年十二月	双葉社	
46	ふたり静	切り絵図屋清七	平成二十三年六月	文藝春秋	

47	鳴《なる》子《こ》守《もり》	見届け人秋月伊織事件帖	平成二十三年九月	講談社
48	紅染の雨	切り絵図屋清七	平成二十三年十月	文藝春秋
49	残り鷺《さぎ》	橋廻り同心・平七郎控	平成二十四年二月	祥伝社
50	鳴き砂	隅田川御用帳	平成二十四年四月	廣済堂出版
51	すみだ川	渡り用人片桐弦一郎控	平成二十四年六月	光文社
52	貝紅	藍染袴お匙帖	平成二十四年九月	双葉社
53	月凍てる	人情江戸彩時記	平成二十四年十月	新潮社
54	飛び梅	切り絵図屋清七	平成二十五年二月	文藝春秋

藤原緋沙子　著作リスト

55	百年桜		平成二十五年三月	新潮社	四六判上製
56	夏ほたる	見届け人秋月伊織事件帖	平成二十五年七月	講談社	
57	夏しぐれ		平成二十五年七月	角川書店	時代小説アンソロジー
58	風草の道	橋廻り同心・平七郎控	平成二十五年九月	祥伝社	
59	花野	隅田川御用帳	平成二十五年十二月	廣済堂出版	
60	つばめ飛ぶ	渡り用人片桐弦一郎控	平成二十六年七月	光文社	
61	照り柿	浄瑠璃長屋春秋記	平成二十六年九月	徳間書店	新装版
62	潮騒	浄瑠璃長屋春秋記	平成二十六年十月	徳間書店	新装版

63	秋びより		平成二十六年十月	KADOKAWA	時代小説アンソロジー
64	紅梅	浄瑠璃長屋春秋記	平成二十六年十一月	徳間書店	新装版
65	雪《ゆき》婆《ばんば》	藍染袴お匙帖	平成二十六年十一月	双葉社	
66	雪燈	浄瑠璃長屋春秋記	平成二十六年十二月	徳間書店	新装版
67	栗めし	切り絵図屋清七	平成二十七年二月	文藝春秋	
68	百年桜	人情江戸彩時記	平成二十七年十月	新潮社	
69	番神の梅		平成二十七年十月	徳間書店	四六判上製
70	花鳥		平成二十七年十一月	文藝春秋	文藝春秋版

71	笛吹川	見届け人秋月伊織事件帖	平成二十八年三月	講談社	
72	春はやて		平成二十八年三月	KADOKAWA	時代小説アンソロジー
73	哀歌の雨		平成二十八年四月	祥伝社	時代小説アンソロジー
74	雪の果て	人情江戸彩時記	平成二十八年五月	新潮社	
75	雁の宿	隅田川御用帳一	平成二十八年六月	光文社	光文社版
76	花の闇	隅田川御用帳二	平成二十八年六月	光文社	光文社版
77	螢籠	隅田川御用帳三	平成二十八年七月	光文社	光文社版
78	宵しぐれ	隅田川御用帳四	平成二十八年八月	光文社	光文社版

79	おぼろ舟	隅田川御用帳五	平成二十八年九月	光文社	光文社版
80	冬桜	隅田川御用帳六	平成二十八年十月	光文社	光文社版
81	春雷	隅田川御用帳七	平成二十八年十一月	光文社	光文社版
82	夏の霧	隅田川御用帳八	平成二十八年十二月	光文社	光文社版
83	冬の野	橋廻り同心・平七郎控	平成二十八年十二月	祥伝社	
84	紅椿	隅田川御用帳九	平成二十九年一月	光文社	光文社版
85	風蘭	隅田川御用帳十	平成二十九年二月	光文社	光文社版
86	あま酒	藍染袴お匙帖	平成二十九年二月	双葉社	

佐伯泰英

居眠り磐音《いわね》　江戸双紙51

旅立《たびだち》ノ朝《あした》

長編時代小説〈書き下ろし〉

父正睦を見舞うため家族と共に関前の地を踏んだ磐音は、藩内に燻る新たな火種を目の当たりにし……。超人気シリーズ、ここに堂々完結!

佐伯泰英

空也十番勝負　青春篇

声なき蟬《せみ》（上・下）

長編時代小説〈書き下ろし〉

直心影流の達人坂崎磐音の嫡子空也が薩摩へ武者修行に旅立つ。累計二千万部突破「居眠り磐音　江戸双紙」に続く新たな物語が始まる!

芝村涼也

御家人無頼　蹴飛ばし左門

御首級千両《しゅきゅうせんりょう》

長編時代小説〈書き下ろし〉

轡田兵庫との死闘で負った傷のため、養生を余儀なくされた左門。身動きがとれぬ中、数々の難事件に挑んでいく。人気シリーズ第六弾。

芝村涼也

御家人無頼　蹴飛ばし左門

乙ケ淵哀話《おとがふちあいわ》

長編時代小説〈書き下ろし〉

辻斬りを巡る騒動によって、まんまと大金をせしめた左門。一方、左門の手で息子を討たれた池端家の正室満流が、復讐すべく動き始める。

幡大介

大富豪同心

卯之吉子守唄

長編時代小説〈書き下ろし〉

卯之吉の屋敷に、見ず知らずの赤ん坊が届けられた。子守で右往左往する卯之吉と美鈴。そんな時、屋敷に曲者が侵入し、騒然となる。

幡大介

大富豪同心

仇討ち免状

長編時代小説〈書き下ろし〉

悪党一派が八巻卯之吉に扮した万里五郎助に武士を斬りまくらせる。ついに、卯之吉を兄の仇と思い込んだ侍が果たし合いを迫ってきた。

幡大介

大富豪同心

湯船盗人

長編時代小説〈書き下ろし〉

見習い同心八巻卯之吉が突如、同心として目覚めた!?　湯船を盗むという珍事件の下手人捜しに奔走するが、果たして無事解決出来るのか。

幡大介
大富豪同心
甲州隠密旅
長編時代小説
〈書き下ろし〉
お家の不行跡を問われ甲府勤番となった坂上権七郎に天満屋の魔の手が迫る。八巻卯之吉は権七郎を守るべく、隠密同心となり甲州路を行く。

幡大介
大富豪同心
春の剣客
長編時代小説
〈書き下ろし〉
卯之吉の元に、思い詰めた姿の美少年侍が現れた。秘密裡に仇討ち相手を探してほしいと頼み込まれ、つい引き受けた卯之吉だったが。

幡大介
大富豪同心
千里眼 験力《げんりき》比べ
長編時代小説
〈書き下ろし〉
不吉な予言を次々と的中させ、豪商ばかりか時の老中まで操る異形の怪僧。その意外な正体と黒い企みに本家千里眼（？）卯之吉が迫る。

幡大介
大富豪同心
隠密流れ旅
長編時代小説
〈書き下ろし〉
卯之吉、再び隠密廻に!! 遊興目当てで勇躍乗り込んだ上州では、三国屋の御用米を積んだ川船が転覆した一件で不穏な空気が漂っていた。

幡大介
大富豪同心
天下覆滅
長編時代小説
〈書き下ろし〉
不気味に膨らむ神憑き一行は何者かに煽られ、ついに上州の宿場で暴れ出す。隠密廻り・八巻卯之吉が捻り出したカネ頼みの対抗策とは!?

幡大介
大富豪同心
御用金着服
長編時代小説
〈書き下ろし〉
公領水没に気落ちする民百姓に腹一杯振る舞う卯之吉。だがその元手は幕府から横領した堤修繕金。露見すれば打ち首必至、さあどうなる!?

幡大介
大富豪同心
卯之吉江戸に還《かえ》る
長編時代小説
〈書き下ろし〉
着服した御用金で公領の大水を見事収めた放蕩同心・八巻卯之吉がついに帰還。花街で連夜の遊興に耽るうち、江戸の奇妙な変化に気づく。